A NAU DOS INSENSATOS

SEBASTIAN BRANT

A NAU DOS INSENSATOS

Tradução

Karin Volobuef

1ª edição

OCTAVO

São Paulo 2010

A nau dos insensatos
Sebastian Brant

Ilustrações
Atribuídas a Albrecht Dürer

Título original: *Das Narrenschiff*

Tradução
Karin Volobuef

Capa
João Baptista da Costa Aguiar

Projeto gráfico e editoração eletrônica
Oficina das Letras, Ida Gouveia

Revisão
Rosana de Angelo

Grafia atualizada conforme o novo Acordo Ortográfico da Língua Portuguesa.

Dados Internacionais de Catalogação na Publicação (CIP)
Câmara Brasileira do Livro, SP, Brasil

Brant, Sebastian, 1458-1521
A nau dos insensatos / Sebastian Brant ; tradução Karin Volobuef. – 1. ed.
– São Paulo : Octavo, 2010.

Título original: Das Narrenschiff.
ISBN 978-85-63739-00-1

1. Prosa alemã I. Título.

10-06917 CDD-831

Índices para catálogo sistemático: 1. Prosa : Literatura alemã 831

2010

Editora Octavo Ltda.
Rua dos Franceses, 117
02329-010 São Paulo SP
Telefone (11) 3262 3996
www.octavo.com.br

SUMÁRIO

INTRODUÇÃO

Karin Volobuef

A nau dos insensatos

A nau dos insensatos (1494), de Sebastian Brant (1457-1521), foi escrito como longo poema satírico, de perspectiva moralizante, em que o autor aponta com dedo crítico e irônico para a sociedade de seu tempo, denunciando as falhas e vícios tanto da nobreza quanto do vulgo, não poupando Igreja, Justiça, universidades e outras instituições. Em 112 capítulos,[1] cada qual dedicado a um tipo de insensato ou louco, Brant censura os excessos e o desleixo, a avidez por dinheiro e a falta de escrúpulos, a perda da fé e o desinteresse pelo cultivo do intelecto. Em contraste com os sábios e prudentes, os insensatos desfilam pelas páginas do texto deixando evidente sua arrogância, grosseria, leviandade, indolência, gula, mentira, violência... Enfim, sua falta de juízo e ponderação.

Com isso, o texto revela-nos um panorama vívido dos costumes do final do séc. XV: os seresteiros noturnos sendo afugentados da janela com o conteúdo dos pinicos; a falsificação de dinheiro e a adulteração do vinho; o mensageiro ébrio que não consegue recordar a notícia que deveria transmitir; os exageros e o desconforto da moda mais recente; os

1. Os 112 capítulos da edição de 1494 foram mais tarde complementados com dois capítulos adicionais na edição de 1495, e com um "Protesto" na de 1499, em que o autor se digladia com as edições pirateadas de sua obra. Esses capítulos adicionais encontram-se no Anexo.

fiéis trazendo para dentro da igreja seus cães perdigueiros e gaviões de caça; a mania de falar impropérios e lançar maldições. Para Brant, são tolos os pais que não repreendem os filhos quando necessário, assim como os filhos que não respeitam seus pais. Igualmente é um néscio o homem que não se prepara espiritualmente para a morte ou que não se preocupa com a salvação de sua alma. Imprudente é tanto aquele que fica à espera de receber heranças, como o outro, que apaga o incêndio do vizinho enquanto sua própria casa é tomada pelo fogo. Quem compra fiado é tão parvo quanto aquele que assume vários cargos ao mesmo tempo.

Brant, porém, inclui a si próprio na ciranda dos néscios: com isso, não apenas assume uma postura autocrítica, como incorpora algo da figura do bobo da Corte, que tem liberdade para falar as mais ousadas verdades sobre todos, doa a quem doer. Com audácia e franqueza - as quais tempera com refinada erudição -, Brant passa da religião à ciência, da vida cotidiana ao arsenal da cultura greco-romana, da retórica à política. Suas palavras vibram de indignação, mas também estão repletas de bom humor.

A eloquência desse amplo e diversificado panorama é reforçada pelas ilustrações que acompanham cada capítulo. O grande pintor e gravurista Albrecht Dürer (1471-1528), expoente do Renascimento alemão, é considerado o autor de talvez três quartos das imagens. Fora ele, outros dois ou três artistas produziram as demais ilustrações.

A nau dos insensatos obteve sucesso imenso junto aos leitores! Apesar de publicado quando o livro impresso ainda era uma invenção relativamente recente (a imprensa de Gutenberg é de 1440), havendo poucos livros e de preço muito alto, o texto de Brant ganhou imediata notoriedade. Em vinte e sete anos, até a morte do autor, o livro, em alemão, foi editado quinze vezes.

E quem não leu *A nau dos insensatos* deve tê-lo ouvido dos pregadores nos púlpitos. Um exemplo disso é o orador Johann Geiler von Kaysersberg, que em 1498/1499 usou o texto em um ciclo de 100 prédicas. Outro contemporâneo de Brant,

Jacob Wimpfeling, chegou a propor que o livro fosse adotado como leitura obrigatória nas escolas.

Logo surgiram traduções para várias línguas - em uma época na qual a tradução ainda não era prática corrente. Em 1497 foi publicada uma tradução para o latim com o título *Stultifera navis,* feita por de Jakob Locher (Philomusus), ex-aluno de Brant. Esta versão serviu de base para as traduções para o francês por Pierre Rivière (1497), Jean Drouyn (1498) e autor anônimo (1499); para o holandês por Hans van Ghetelen (1497) e Guy Marchant (1500); para o inglês por Alexander Barclay e Henry Watson (ambas de 1509). Aliás, o livro de Brant foi a primeira obra da literatura alemã a ser vertida para o inglês!

O impacto de *A nau dos insensatos* inaugurou uma nova e fecunda vertente: a literatura dos néscios ou loucos. Integrando essa vertente estão obras e criações como: *O elogio da loucura* (1511), de Erasmo; *Rei Lear* (aprox. 1606), de Shakespeare; *O aventuroso Simplicissimus* (1667), de Grimmelshausen; certas figuras da *Commedia dell'arte; Leonce e Lena* (post. 1842), de Georg Büchner; *Ship of Fools* [*Nau dos insensatos*] (1962), de Katherine Anne Porter.

No âmbito da literatura em língua portuguesa destaca-se *O auto da barca do inferno*[2] (encenada em 1517)¸ em que Gil Vicente promove igualmente uma análise severa da sociedade do séc. XVI: fidalgo, onzeneiro, parvo, sapateiro, frade, alcoviteira, judeu, corregedor, procurador, enforcado e quatro cavaleiros procuram ser aceitos pelo Anjo na Barca da Glória. Nela, porém, só entram os quatro cavaleiros, que morreram por Cristo, enquanto os demais (exceto o parvo) são levados pelo Diabo à Barca do Inferno.

Tanto Gil Vicente quanto Brant condenam com severidade o apego aos bens e a busca contumaz dos prazeres do mundo, ridicularizando as várias castas sociais e os defeitos humanos. Em Gil Vicente, o parvo é figura simples e autên-

2. A peça integra a "trilogia das barcas": *O auto da barca do inferno, O auto da barca do purgatório* e *O auto da barca da glória.*

tica, cujos erros (conforme expresso pelo Anjo) não merecem a danação porque não nasceram da malícia. Brant, tampouco, condena os insensatos devido a sua mera insensatez: para ele, estão destinados ao fogo do inferno aqueles que, tendo sido advertidos (conforme é o objetivo de *A nau dos insensatos*), insistem na sua tolice ao invés de buscarem o caminho da verdade e sabedoria – a ser encontrado apenas na palavra de Deus.

O AUTOR

Sebastian Brant nasceu em 1457 na cidade de Estrasburgo, que na época fazia parte do Império Romano-Germânico. Em 1475 iniciou o estudo de Direito e Línguas Clássicas na Universidade da Basileia, onde se formou como bacharel em 1477 e como licenciado em 1484. No ano seguinte casou-se com Elisabeth Burg, com quem teve sete filhos. Concluído o Doutorado em 1489, assumiu uma cátedra na mesma Faculdade, passando a lecionar Direito Canônico e Direito Romano (ou Civil). Ao mesmo tempo, atuava como advogado e juiz. Em 1499, a Basileia foi acolhida na Confederação Suíça, separando-se do Império, o que levou Brant, em 1500, a mudar-se de volta para Estrasburgo. Lá desempenhou diversos cargos públicos, sendo inclusive, em algumas ocasiões, chamado a atuar como conselheiro do imperador Maximiliano I. Quando faleceu, em 1521, era o autor alemão mais renomado em toda a Europa.

Além de *A nau dos insensatos,* a obra de Brant ainda inclui escritos jurídicos (*Expositiones sive declarationes omnium titulorum iuris,* 1490), coletâneas de poemas (*Carmina in laudem Mariae,* 1494; *Varia carmina,* 1498), edição de obras de Santo Agostinho (1489), Virgílio (1502) e outros autores clássicos, além de traduções, panfletos, etc.

Brant era católico fervoroso, não tendo quaisquer inclinações reformistas (o que não impediu que muitas de suas críticas fossem, mais tarde, absorvidas pela Reforma de Lutero). Suas críticas à Igreja pretendem ser um apelo para que ela elimine a corrupção e os desregramentos que, na época, andavam à solta em todos os seus escalões. Assim, *A nau de insensatos* pode ser entendida como metáfora para a nave da igreja: do ponto de vista de Brant, a religião estaria desgovernada e vergada sob o peso dos desatinos de clérigos e fiéis, rumando às cegas para o Juízo Final (Anticristo). Brant conclama seus leitores à aceitação incondicional da doutrina cristã, à devoção fervorosa a Deus, à purgação dos pecados e à moralização dos costumes - nisso estaria a verdade e a sabedoria, que deveriam ser buscadas por todos.

A TRADUÇÃO

A presente tradução foi elaborada a partir da edição em Frühneuhochdeutsch [pré-novo-alto-alemão]. Foram consultadas as edições:

BRANT, Sebastian. *Das Narrenschiff - Studienausgabe.* Editado por Joachim Knape. Texto da edição de 1494. Stuttgart: Reclam, 2005.

BRANT, Sebastian. *Das Narrenschiff.* Editado por Hans-Joachim Mähl. Versão em alemão moderno, elaborada a partir da edição de 1494. Stuttgart: Reclam, 1964.

BRANT, Sebastian. *Das Narrenschiff.* Versão em alemão moderno, elaborada a partir das edições de 1494 e 1872. Wiesbaden: Marixverlag, 2004.

BRANT, Sebastian. *La nave de los necios.* Editado por Antonio Regales Serna. Tradução da edição de 1854. Madrid: Akal, 1998.

Esta tradução guia-se pelo propósito de verter para o português o texto original de Sebastian Brant, tendo em vista principalmente a acessibilidade ao leitor brasileiro contemporâneo. Por isso, optou-se pela versão em prosa, abrindo-se mão da versificação e metrificação empregadas pelo autor, as quais costumam ser mantidas nas versões para o alemão moderno.

O frequente recurso do autor a expressões linguísticas, ditados populares, passagens bíblicas, referências a autores da Antiguidade, bem como a dados históricos e mitológicos, confere ao texto de *A nau dos insensatos* um caráter por vezes cifrado e menos transparente ao leitor de nossos dias. O acréscimo de informações e comentários em rodapé pretende enriquecer a leitura, auxiliando para que se saboreie de modo mais fluente a sátira de Brant.

Texto na estampa: “A nau dos insensatos – Rumo à Insensatolândia! – Sejamos todos alegres – Segui por aqui – A bordo! A bordo, irmãos! Vamos partir! Vamos partir!”.

*Hi sunt qui descendunt mare in navibus facientes opationem in aquis multis. Ascendunt usque ad cælos et descendunt usque ad abyssos anima eorum in malis tabescebat. Turbati sunt et moti sunt sicut ebrius: et omnis sapientia eorum devorata est.**

Texto na estampa: "A nau dos insensatos – Rumo à Insensatolândia! – Sejamos todos alegres – Doutor Grifo". Doutor Grifo é personagem fictício, que reaparece nas estampas 76 e 108; se faz alusão a alguma figura histórica, não é certo.

* Salmos 106, 23; Salmos 106, 26; Salmos 106, 27.

PRÓLOGO À *NAU DOS INSENSATOS*

Que seja de utilidade e sirva de salutar ensinamento, de estímulo à conquista de sabedoria, juízo e bons costumes, assim como à emenda e punição da insensatez, cegueira, desacerto e inépcia dos homens e mulheres de todas as condições. Recolhido na Basileia com especial dedicação, esforço e seriedade por Sebastian Brant, doutor em Direito Civil e Direito Canônico.

Todos os Estados[3] encontram-se agora saturados de escrituras sagradas e de tudo o que se destina à salvação da alma: tanto a Bíblia, que traz os ensinamentos dos santos padres, como livros de toda sorte, em tal quantidade que me causa estranheza que não tenham aprimorado ninguém. Ao invés disso, a Escritura e os preceitos são recebidos com desprezo, e o mundo inteiro continua mergulhado em trevas e cometendo pecados às cegas. Todas as ruas e travessas estão apinhadas de insensatos; eles vivem entregues às maiores tolices, mas não aceitam serem chamados de néscios. Por isso, pensei em como embarcar os insensatos na nau: serão necessários galé, veleiro, gripo, barqueta, escuna, canoa, cimba, draga, chalupa, e ainda trenó, carreta, carrinho de mão, carroça, pois um bar-

3. Brant refere-se aos *Länder* ou Estados do Sacro Império Romano-Germânico, que remonta a Carlos Magno (coroado imperador em 800 d.C. pelo Papa Leão III) e que durou até a invasão por Napoleão em 1806. Os Estados eram de variados tipos, havendo entre eles reinos, principados, ducados, grão-ducados, etc.

co apenas não seria o bastante para levar a multidão de néscios. O número é tão grande que, como um enxame de abelhas em voo, vários correm por toda parte em busca de transporte para a travessia e, sem encontrá-lo, tentam nadar até o navio. Cada qual deseja ser o primeiro a chegar. Muitos tolos e néscios conseguem subir a bordo e deles eu fiz aqui um retrato. Aqueles que não tiverem apreço pela escrita e os que não souberem ler irão reconhecer sua própria essência no desenho[4] e poderão ver como são, a quem se igualam e o que lhes falta. Chamo-o de Espelho dos Insensatos, pois nele cada tolo se vê refletido: quem aí se mira, conhecerá como realmente é. Quem olhar diretamente para sua imagem no espelho perceberá que não deve tomar-se por douto ou presumir ser o que não é, pois não há entre os vivos quem não tenha falhas ou quem possa afirmar que é um sábio e não um parvo.

Quem reconhecer a si mesmo como tolo, logo será colocado ao lado dos sábios, mas quem insistir na própria sapiência não passa de um fátuo, um compatriota dos néscios, que fará bem em tomar como companheiro este livrinho. Nele não faltam insensatos: todos encontram aqui a carapuça que lhes serve; também descobrem para o que nasceram e porque são tão numerosos os palermas, quantas honras e felicidades são recebidas pela sabedoria e quão lamentável é a condição dos tolos. Aqui se vê como anda o mundo, e por isso o livrinho é tão bom de se comprar. Para brincadeiras, lamentações e todo tipo de trivialidade, há aqui insensatos ao gosto de qualquer pessoa. Um sábio encontra aquilo que lhe apraz; um tolo se satisfaz com os mexericos sobre seus próximos. Aqui temos todos os tipos de palermas, sejam ricos ou pobres, lé com lé, cré com cré, cada qual encontra seu igual. Eu costuro o gorro,[5] e muitos usam-no sem preocupações. Mas se eu fosse chamá-los de insensatos, afirmariam que os confundi com outra pessoa. Contudo, faço votos de que todos os sensatos possam en-

4. As xilogravuras que acompanham o texto.
5. O gorro é atributo característico dos tolos. Em língua alemã existe o provérbio "Jedem Narren gefällt seine Kappe" ["Cada tolo está satisfeito com seu gorro"], cujo sentido é: cada um gosta de suas próprias peculiaridades.

contrar aqui algo que os deleite, e então digam com convicção que meu relato é certo e apurado. E como estou persuadido de meu testemunho, pouco me importam os néscios: eles que ouçam aqui a verdade, ainda que ela não lhes agrade. Como já disse Terêncio,[6] quem diz a verdade é recebido com ódio,[7] quem muito assoa o nariz acaba expelindo sangue, e quem estimula a cólera não raro faz correr o fel. Por isso não dou ouvidos aos que falam pelas costas ou que lançam injúrias contra bons ensinamentos. Não me faltam tais parvos que não aceitam palavras de sabedoria; este livrinho está repleto deles. Contudo, peço a todos que dediquem mais atenção ao bom-senso e à honra do que a mim e a minha singela composição. Certamente não foi sem esforço que reuni tamanha coleção de simplórios. Em muitas noites cheguei a velar, enquanto aqueles em quem pensava dormiam ou se dedicavam ao jogo e ao vinho e pouco se ocupavam de mim. Uma parte andava pela neve de um lado a outro em trenós, regelando até os ossos; outra parte estava entregue a travessuras; ainda outros calculavam o prejuízo que haviam sofrido naquele mesmo dia e os ganhos que esperavam poder obter, e como na manhã seguinte pretendiam mentir com loquacidade, vender e trapacear a quantos pudessem. E para ponderar sobre essa gente, de modo a me satisfazer com o tom, a palavra e a obra como um todo, não é de se estranhar que muitas vezes eu ficasse em vigília, sem que ninguém o suspeitasse e assim censurasse meu trabalho. Que se mirem todas as pessoas nesse espelho, homens e mulheres, pois ele é feito para todos: não somente os homens são parvos; também há muitas parvas, e são suas toucas, véus e mantilhas[8] que cubro aqui com gorros de néscios. Moças também têm trajes de bobo, pois agora insistem em usar o que entre os homens sempre foi escandaloso: sa-

6. Publius Terentius Afer (195/185-159 a.C.), conhecido como Terêncio, foi um dramaturgo nascido em Cartago (Norte da África) e levado a Roma como escravo. Após sua libertação, foi autor de seis comédias, escritas na tradição grega da Comédia Nova.
7. Na primeira peça de Terêncio (*Andria*, de 166 a.C.) está dito que "Veritas odium parit" ["A verdade gera o ódio"].
8. Trata-se aqui do véu usado pelas freiras.

patos pontiagudos[9] e golas tão decotadas que não conseguem esconder o mercado de leite; elas entrelaçam muitas tiras de pano em suas tranças e fixam chifres à cabeça,[10] como outrora se viam apenas à testa de robustos touros; tais adereços nada mais fazem que torná-las parecidas com animais selvagens. Fora isso, rogo o perdão das senhoras recatadas, pois jamais pensei nelas com qualquer palavra maliciosa. Mas não serão poupadas as mulheres impudicas, das quais um bom número se encontra na nau dos insensatos. Portanto, que todos fiquem de prontidão para procurarem a si mesmos no livro; quem não se encontrar poderá dizer que está livre do gorro e do bordão.[11] Quem acredita estar fora do meu alcance, que fique à porta, junto com os doutos, e lá aguarde com paciência até que eu lhe traga um gorro de Frankfurt.[12]

9. Surgidos em torno de 1360, os sapatos masculinos pontudos foram ficando cada vez mais alongados, chegando as pontas mais exageradas a medir 45 cm. O exagero dessas pontas levou o rei inglês Eduard III a estabelecer uma multa aos nobres que as usassem. A moda dos *crackowes* ou *poulaines*, como eram chamados os sapatos pontudos, durou pelo séc. XV adentro.
10. Adorno introduzido por volta de 1410, que consistia em uma estrutura de arame com duas pontas, semelhantes a chifres, nas quais era preso um véu.
11. O bordão e o gorro são os dois acessórios mais característicos do tolo.
12. O autor refere-se à feira de Frankfurt.

Doctor
Ad Narragonia
Gaudeamus omnes

À dança dos parvos eu me uno, colocando-me na dianteira do desfile, pois vejo ao meu redor uma montanha de livros que não leio e nem consigo entender.

[1]

Dos livros inúteis

Que me encontro sentado na proa do navio é algo especialmente engraçado e que com certeza tem sua justa causa. Por livros tenho grande apreço e deles possuo um volumoso tesouro. Embora pouco compreenda do que está escrito em qualquer um deles, venero minha biblioteca e não permito que uma mosca sequer lhe cause mal. Quando alguém fala em ciências e artes, logo digo: "Em minha casa tenho-as aos montes!" Afinal, para contentar meu espírito já é suficiente que eu esteja circundado de livros. Conta-se que Ptolomeu[13] possuía os livros do mundo inteiro e que os considerava seu maior tesouro; no entanto, nunca encontrou a verdadeira doutrina e dela não extraiu qualquer lição. Eu tenho muitos livros, assim como ele, e pouco os leio. Por que eu haveria de dar tratos à bola e esforçar-me por aprender e ganhar conhecimento? Ora, quem muito estuda torna-se lunático! Eu sou um senhor de posses, portanto, posso dar-me ao luxo de pagar alguém que estude em meu lugar. Ainda que meu espírito esteja embotado, quando encontro os eruditos posso simplesmente exclamar: "*Ita*! De fato!" Fico feliz de pertencer aos falantes de alemão, já que pouco sei de latim. Decerto sei que *vinum* significa "vinho", *cuculus* é um cuco, *stultus* um estúpido, e que meu título é "*Dominus doctor*".[14] Minhas orelhas são pequenas; se não fossem, estaria entre os jumentos do moleiro.

13. Durante o reinado de Ptolomeu Filadelfo (aprox. 309-246 a.C.) no Egito, foi fundada a Biblioteca de Alexandria, destinada a reunir em papirus todos os livros da época.

14. Senhor doutor.

Quem espera ter poder no Conselho e se deixa levar pelos ventos que ora estão soprando torna-se uma rês no caldeirão alheio.

[2]

Dos bons conselhos

Muitos são aqueles que não medem esforços para logo fazerem parte do Conselho, embora nada saibam de Direito e andem às cegas junto das paredes. O bom Husai foi sepultado enquanto Aitofel se tornou conselheiro.[15] Quem deve julgar e dar conselhos de maneira íntegra, que se guie pela Justiça, ao invés de ser o mero bastão com que se conduz a rês ao caldeirão.[16] Estou convencido de que não é correto o conselho que não tem seu fundamento na Justiça. Quem aconselha deve agir de acordo com o que é melhor, e investigar o que não sabe, caso contrário estará em desacordo com o que é justo e ficará em apuros diante da Justiça de Deus. Com ela não se brinca! Se todos soubessem o que vem a seguir, não teriam tanta pressa em julgar, pois cada um será medido com a régua que ele próprio usou.[17] Assim como tu me medires e como eu te medir, assim Deus irá medir a mim e a ti. Cada um irá aguardar em seu túmulo pelo julgamento que Ele mesmo já tiver dado. E quem tiver condenado a muitos já tem a sua sorte tirada: a pedra que arremessou virá cair sobre sua cabeça! Aqueles que não souberem guiar-se pela Justiça aqui, lá serão duramente com ela confrontados: perante Deus não prevalecem força ou cautela, nem conselho ou esperteza.[18]

15. Samuel, 2, 15-18: Husai foi fiel a Davi, enquanto Aitofel aconselhou Absalão contra seu pai.
16. Ver estampa 2.
17. Mateus 7, 2.
18. Provérbios 21, 30.

Quem aposta todas as suas cartas nos bens mundanos, esperando assim encontrar alegrias e alento, é um tolo da cabeça aos pés.

Texto na estampa: "Piedade, Senhor".

[3]

Da cobiça

Insensato é todo aquele que acumula bens, mas não tem paz nem alegria, e não sabe quem herdará tudo isso quando chegar o momento de empreender sua viagem ao porão sombrio. Um insensato maior ainda é quem dissipa com pompa e leviandade aquilo que Deus lhe presenteou, aquilo de que é o único responsável e pelo que haverá de prestar contas, podendo perder algo muito mais valioso do que um pé e uma mão.[19] Um tolo deixa avultada herança para seus amigos; não cuida de prover para sua alma e teme que lhe faltem bens mundanos, sem preocupar-se com sua manutenção na eternidade. Oh, pobre néscio, tu és cego: foges da cruz e acabas na caldeirinha! Muitos caem em pecado para apoderar-se de bens alheios; por isso vão arder no inferno. Seus herdeiros consideram-no de pouca monta; eles não ajudariam sequer com uma pedra e não ofereceriam um único arrátel[20] para aliviar sua sentença nas profundezas do inferno. Para a glória de Deus, dá, uma vez que estás vivo; e quando morreres, outro será senhor de tuas posses. Jamais um sábio almejou ser rico aqui na terra, preferindo, ao contrário, conhecer a si mesmo. Quem é sábio possui em verdade uma riqueza multiplicada! Ao final, Crasso bebeu o ouro pelo qual tanto ansiou;[21] já Crates[22] jogou seu dinheiro ao mar, pois achava que o importunava ao estudar. Quem acumula coisas passageiras confina a alma em um túmulo feito de excrementos e imundices.

19. Referência à severa penalidade de ter um pé e uma mão decepados. Tratava-se de castigo especialmente humilhante, pois a mão direita era usada para manejar a espada, e o pé esquerdo era necessário para montar o cavalo: na Idade Média, alguém sem qualquer desses membros era tido como imprestável ou indigno.
20. Medida de peso equivalente a 459g. Antigamente o valor das moedas dependia de seu peso.
21. Marco Licínio Crasso (aprox. 115-53 a.C.) foi um político romano que, juntamente com César e Pompeu, integrou o primeiro triunvirato. Liderou campanha militar contra os Partos, que o derrotaram na batalha de Carrhae. Conta-se que os Partos teriam obrigado Crasso a ingerir ouro líquido, como castigo por sua ambição desmedida.
22. Crates de Tebas (aprox. 365-285 a.C.) foi um filósofo helenístico.

Quem espalha novas modas pelos lugares gera muito escândalo e vergonha e anda de mãos dadas com os parvos.

Texto na estampa: “Ulli von Staufen: janota e horrível. 1494”.

[4]

Das novas modas

Aquilo que antigamente era escandaloso, hoje é visto como uma ninharia sem importância. Antes os homens usavam suas barbas com dignidade, hoje imitam as faces imberbes das mulheres, esfregam no corpo banha de macaco e penduram nos pescoços nus correntes e colares dourados como se fossem postar-se diante de Leonardo.[23] Enxofre e resina são passados nos cabelos para que fiquem afofados, e o arranjo é completado com claras de ovo batidas para que os cabelos fiquem crespos no cestinho.[24] Uns inclinam a cabeça para fora da janela, outros clareiam os cabelos com sol e fogo, e sob os penteados pululam os piolhos. Estes agora podem viver com comodidade, pois todas as vestimentas têm pregas. Tanto o vestido e o manto, quanto a camisa e o gibão, e ainda o pantufo, bota, calção, sapato, capuz, casaco e beca revestida de peles: em tudo pode-se ver o costume dos judeus.[25] Após uma moda segue-se outra, o que mostra como nossa disposição é vergonhosamente inconstante; as novidades alastram-se por todos os Estados. O gibão é tão curto e cheio de fendas que mal consegue cobrir o umbigo! É vergonhoso que a nação alemã deixe à mostra, para vexame e desonra, aquilo que a natureza procura esconder! As coisas vão mal e provavelmente ainda irão piorar. Mas, ai de quem for a causa de tais degradações! Quem incorre nesses opróbrios ou os tolera receberá uma recompensa inesperada!

23. Ao serem libertados, os prisioneiros ofereciam suas correntes a São Leonardo, patrono dos cativos.
24. Um cestinho raso de palha era pressionado sobre os cabelos para formar cachos e moldar o penteado.
25. Os judeus usavam caftãs: vestimentas largas, semelhantes a togas ou túnicas, e cheias de pregas.

Já estou com um pé na cova e o cutelo do esfolador está espetando minha bunda, mas eu me recuso a abandonar minha insensatez.

Texto na estampa: "João Bobo". João (que corresponde a Heinz ou Hans) é nome extremamente comum, indicando a universalidade da figura. Abaixo da inscrição está um brasão em branco, espaço que poderia ser preenchido com a identificação de qualquer família.

[5]

Dos insensatos velhos

"A insensatez não me permite ser um ancião de verdade; tenho bastante idade mas nenhuma sabedoria. Sou uma criança de cem anos[26] e malcriada, que conduz os jovens com seu guizo.[27] Às crianças transmito o ensinamento, fazendo para mim mesmo um testamento que lamentarei após a minha morte. Com maus conselhos e exemplos pratico o que aprendi na juventude. Desejo receber honrarias pelos meus malefícios, pois vanglorio-me da desonra de haver ludibriado pessoas em todos os Estados. Turvei muitas águas, exercitei-me sempre na maldade e agora lastimo não poder continuar exercendo-a como nos dias de outrora. Mas o que agora não posso mais realizar fica como recomendação para João; meu filho certamente há de concluir o que deixei por fazer, pois ele segue minhas inclinações, que lhe caem muito bem e farão dele um homem, se viver. Sendo filho meu, é preciso dizer que o canalha terá igualmente uma conta a pagar e tem um lugar assegurado na nau dos insensatos! Para mim será um deleite tê-lo como substituto após a minha morte!" Essas são hoje as aspirações da velhice; ninguém mais procura alcançar o discernimento. Os juízes de Susana[28] mostraram muito bem o quanto se pode confiar em um ancião. Um parvo idoso não se empenha por sua alma, pois esse esforço é difícil para quem nunca se acostumou a ele.

26. Referência a Isaías 65, 20.
27. O guizo é parte integrante da indumentária dos tolos desde a primeira metade do séc. XV. Mas já em 1381 o conde Adolf von Cleve (ancestral de Anne von Cleve, quarta esposa de Henrique VIII) organizava reuniões nas quais os participantes usavam guizos nas mangas de suas roupas.
28. Em Daniel 13 é narrado como dois velhos juízes cobiçaram a virtuosa Susana, que os rejeitou. Eles então se vingaram dela, acusando-a de adultério.

Quem negligencia os filhos e não castiga suas travessuras, muito há de sofrer ao final.

[6]

Da educação adequada

A estupidez certamente cegou quem descuida da boa educação de seus filhos, deixando-os extraviados e sem repreensão, como um rebanho sem pastor. As insolências não recebem admoestação, pois o insensato crê que seus filhos são jovens demais para aprenderem a lição ou lembrarem-se do castigo. Oh, grande toleirão, ouve e presta atenção: a juventude não deixa nada despercebido e aprende com facilidade cada detalhe. A panela nova fica impregnada com o gosto e o odor da comida; um galho novo pode ser vergado e moldado, mas se dobrarmos um galho velho, ele se rompe em dois. O castigo aplicado com justiça não produz gritos de desespero; a vara da disciplina extrai sem dor a tolice do coração da criança.[29] Sem castigo raramente há aprendizado; cresce o mal que não é extirpado. Eli era honesto e vivia sem mácula, mas não censurava seus filhos, o que levou Deus a castigá-lo, de modo que todos morreram em um mesmo dia em meio a lamentações.[30] Como ninguém quer reprimir as crianças, é grande o número de Catilinas.[31] A educação estaria em muito melhores condições se as crianças tivessem mestres como Fênix,[32] a quem Peleu procurou para confiar-lhe a criação de Aquiles. Felipe vasculhou a Grécia até deparar-se com um preceptor para seu filho: o monarca[33] mais ilustre do mundo foi dado à tutela de Aristóteles, que durante muitos anos ouvira Platão, discípulo de Sócrates. Mas os pais de hoje, cegos pela avareza, escolhem mestres que fazem seus filhos de bobos, de modo que estes voltam para casa ainda mais palermas do que eram quando dela saíram. Não é de causar assombro, portanto, que um néscio tenha filhos néscios. O velho Crates[34] dizia que, se

29. Provérbios 22, 15.
30. 2 Samuel 2 e 4.
31. Lúcio Sérgio Catilina (aprox. 109-62 a.C.) conspirou contra o Senado, sendo denunciado por Cícero.
32. Ver Plutarco, *De educatione*, 7, 3. Brant acompanha essa obra por quase todo este capítulo.
33. Alexandre o Grande (356-323 a.C.), rei da Macedônia.
34. Plutarco, *De educatione*, 7, 13.

isso lhe competisse, gritaria a plenos pulmões: Vós, imbecis! Sois insensatos se pretenderdes acumular propriedades e por isso fordes parcimoniosos com vossos filhos, sem lembrar que é para eles que acumulais a riqueza. Mas vosso será o prejuízo final quando o filho entrar no Conselho e puder alcançar honras e destreza, mas ao invés disso apenas pender para as coisas que aprendeu na infância. Então serão multiplicados os lamentos paternos e o arrependimento por haver criado inutilmente um espantalho. Uns juntam-se ao mandrião para blasfemar e ofender a Deus; outros cercam-se de meretrizes; uma corja perde o cavalo e a camisa no jogo; outra corja vive dia e noite em pândegas. É assim que se tornam os filhos que não foram educados quando pequenos e não tiveram o acompanhamento de um bom mestre. Pois o princípio, o meio e o fim da honra são construídos pelo bom ensinamento. Ser nobre é algo louvável, mas tu não alcançaste a nobreza sozinho: ela veio de teus pais. A riqueza é algo primoroso, mas depende do acaso da fortuna, que dança para cima e para baixo, como uma bola.[35] Bela é a glória do mundo, mas inconstante, de modo que pende para lá e para cá. Um belo corpo é algo que muito se preza, mas talvez não dure mais do que uma noite; a saúde nos é muito cara, mas pode esquivar-se furtivamente como um ladrão. O vigor e a força são admiráveis, porém ao final sucumbem à doença e à velhice. Por isso, nada é tão duradouro e imortal como o bom ensinamento. Certa vez Górgias[36] perguntou se o grande senhor da Pérsia era feliz, ao que Sócrates respondeu: "Não sei se ele já aprendeu os deveres da virtude!"[37] Afinal, de que valem o poder e a riqueza sem a doutrina da virtude?

35. Referência ao giro da Roda da Fortuna.
36. Górgias de Leontinos (aprox. 487- 380 a.C.) foi mestre do historiador grego Tucídides.
37. Plutarco, *De educatione*, 8.

Quem se deita entre duas pedras[38] *e traz muita gente na ponta da língua em breve será esmagado pela ruína e pelas aflições.*

38. São as pedras do moinho no meio das quais são triturados o trigo e outros cereais.

[7]

Dos que causam a discórdia

Não são poucos os que se deleitam em produzir equívocos entre as pessoas, dividindo-as e semeando entre elas a inimizade e o ódio. Com calúnias e grandes mentiras distribuem golpes que só muito mais tarde são percebidos, quando a amizade se transformou em desavença. Para ocultar seu feito, ficam à espreita para ver quanto ainda podem acrescentar, e só em confissão reconhecem o que lhes poderia trazer vitupério. Sob a rosa[39] eles dizem resguardar a tua confidência, buscando falar ao teu coração e conquistar tua confiança. E pensam que assim agradam às pessoas. O mundo está cheio de tais falsidades, sendo comum alguém ser levado para mais longe pelas línguas do que pelos coches. É o que aconteceu com Coré[40] e também Absalão,[41] que desejavam ter partidários e conquistar a coroa, mas obtiveram somente humilhação e condenações. Em cada lugar há um Alcimo[42] separando amigos, cercando-os de mentiras, prendendo seus dedos nas portas e assim esmagando-os. Como aquele que alegou ter matado Saul,[43] esperando ser recompensado, e os que tiraram a vida de Is-Bosete,[44] também se encontra entre duas pedras de moer quem sempre tem prazer em semear a discórdia. Seus gestos revelam o que valem suas palavras e o que vale sua pessoa: ainda que se esconda um insensato por detrás da porta, suas orelhas sairão para fora.

39. Na Antiguidade, a rosa era símbolo de sigilo.
40. Números 16.
41. 2 Samuel 15.
42. 1 Macabeus 7.
43. 2 Samuel 1.
44. 2 Samuel 4.

Quem não sabe dizer sim e não, e nem procurar conselho nas coisas grandes e pequenas, arcará sozinho com as consequências.

[8]

Não seguir conselhos

É um palerma quem deseja ser um sábio sem conseguir comportar-se adequadamente ou ter medida. E quando procura cultivar a sabedoria, usa um cuco à guisa de falcão.[45] Muitos são espertos e eruditos nas palavras, mas puxam o arado dos insensatos. E isso é assim porque em todos os momentos eles se consideram argutos e comedidos, não ouvindo os conselhos alheios até que a má sorte já esteja à porta. Tobias sempre ensinou seu filho a dar ouvidos aos conselhos dos sábios;[46] a mulher de Ló recebeu também boas instruções, mas sua índole era cheia de desdém, o que fez com que Deus a castigasse, transformando-a em estátua durante sua fuga.[47] Roboão não aceitou ser guiado pelo velho sábio,[48] preferindo seguir o néscio; perdeu dez tribos e continuou sendo um parvo. Se Nabucodonosor tivesse ouvido Daniel, não teria sido transformado em animal;[49] e Judas Macabeu, o mais forte dentre os homens, cujos feitos lhe renderam a fama, não teria perdido a vida caso houvesse seguido as palavras de Joram.[50] Quem apenas segue sua própria cabeça, quem ignora e descrê dos bons conselhos, irá se desviar da felicidade e salvação, encontrando a destruição antes do tempo! Por isso, nunca desprezes o conselho de um amigo - onde há muitos conselheiros também há felicidade e poder.[51] Aitofel até matou-se porque Saul não seguiu seu conselho.[52]

45. O cuco não é ave de rapina (como o falcão), portanto, só um tolo o usaria para caçar. Em vários trechos do livro, no entanto, Brant recorre ao cuco como símbolo ou representação da insensatez.
46. Tobias 4, 19.
47. Gênesis 19, 26.
48. 1 Reis 12, 8.
49. Daniel 4, 24-33.
50. 1 Macabeus 9, 1-18. Na Bíblia não é Joram quem dá o conselho.
51. Provérbios 11, 14.
52. 2 Samuel 17, 1-23.

Quem tem maus costumes e maneiras, ainda que não queira ser um tolo, arrasta a capa pelo chão.

[9]

Dos maus costumes

Muitos usam *Schaube*[53] e caminham altivos, virando a cabeça para um lado e para outro, descendo vales e subindo montanhas, arrastando atrás de si uma longa cauda.[54] Ora seus passos são ligeiros, ora vagarosos, o que é indício e causa de sua disposição frívola, da qual devemos ter cautela. Aqueles que são sábios e têm bons costumes possuem modos em acordo com sua essência;[55] tudo o que fazem ou se dispõem a fazer é visto com bons olhos por quem é sábio. A verdadeira sabedoria é recatada, comedida, reservada e serena, mantendo-se em harmonia com o Bem.[56] Por isso, Deus concede-lhe a Graça em abundância. É muito mais vantajoso ter boas maneiras do que todas as riquezas da terra, pois o comportamento deixa à mostra o que se passa no coração. Há muitos que não cuidam de seguir os bons modos de se comportar, pois não estão acostumados a isso; como não foram educados para as boas maneiras, seus modos são os de um boi no pasto. Aquilo que é o maior ornamento, aquilo que merece o nome mais elevado, são os bons costumes, o pudor e a modéstia. Noé certamente tinha bons costumes, mas seu filho, Cão, não se igualou a ele.[57] Aquele que gera um filho sábio, a quem ensina prudência, decência, bom-senso, deve agradecer a Deus em todas as suas orações por tamanha graça. Albino mordeu o nariz de seu pai porque este não o havia educado.[58]

53. *Schaube*, vestimenta introduzida no séc. XV, era um casaco largo, normalmente sem mangas, usado aberto para deixar entrever o gibão vestido por baixo.
54. Referência à capa dos néscios, que é excessivamente longa.
55. Acreditava-se que os modos exteriores refletiam a virtude interior (essência).
56. Tiago 3, 17.
57. Gênesis 9, 20-29.
58. Albino é personagem de uma facécia ou chiste bastante conhecida na época de Brant. O tema, porém, vem de uma fábula de Esopo, "O ladrão e sua mãe", em que um jovem é condenado à forca e expressa, como último desejo, que sua mãe venha vê-lo, no que é atendido. Quando ela se aproxima, o filho arranca seu nariz com uma mordida, esclarecendo que fez isso para punir a mãe por ela não o ter educado quando pequeno. Sebastian Brant não apenas conhecia a facécia sobre Albino como também a versão de Esopo, tendo inclusive editado uma versão alemã de suas fábulas em 1501.

Se alguém trata com injustiça e violência a um homem que nunca lhe causou qualquer dano, com isso ofende outros dez.

[10]

Da verdadeira amizade

É um insensato e grande néscio aquele que trata outra pessoa com injustiça, pois assim ameaçará muitos outros, que mais tarde irão se alegrar com a sua desgraça. Quem traz agravos a um amigo que nele depositou toda a sua esperança, lealdade e confiança é um néscio desprovido de discernimento. Não há mais pares de amigos como Jônatas e Davi,[59] Pátroclo e Aquiles, Orestes e Pílades, Demades e Pitias,[60] como o escudeiro e Saul[61] ou ainda Cipião e Lélio.[62] Onde há necessidade de dinheiro a amizade se desfaz; o amor ao próximo não é tão grande quanto manda a lei:[63] o egoísmo extingue a justiça, amizade, amor, as relações entre familiares, e a ligação entre homem e mulher. Hoje ninguém vive segundo o exemplo de Moisés ou possui tão grande amor ao próximo quanto ele ou como Neemias e o piedoso Tobias. Quem não valoriza o proveito comum tanto quanto o proveito próprio, que sempre busca, eu considero um simplório e atoleimado, pois o que é de todos também é de cada um. Caim vive agora entre ricos e entre pobres, lamentando a felicidade que teve Abel. Em tempos de necessidade, vinte e quatro amigos valem meia onça,[64] e dos que são melhores é preciso sete para pesarem um dracma.[65]

59. 1 Samuel 18 e 20.
60. A lenda de Damon e Fíntias (a grafia de Brant para os dois nomes é incomum) teria origem em Siracusa, na época do tirano Dionísio II (séc. IV a.C.).
61. 1 Samuel 16, 21-23: Davi foi escudeiro de Saul e tocava harpa quando este era tomado por mau espírito.
62. Em *Diálogo sobre a amizade*, de Cícero (106-43 a.C.).
63. Mateus 23, 39.
64. Onça é uma antiga medida que equivalia a cerca de 16,7g. O sentido pretendido é o de que em tempos de penúria os amigos nada valem. O provérbio alemão aqui retomado pelo autor equivale a "É nos maus tempos que se conhecem os amigos".
65. Antiga medida de peso (correspondendo a 1,67g) usada no comércio.

Quem acredita em todo e qualquer tolo, como tanto se ouve falar da Escritura, pode muito bem participar das bufonarias dos loucos.

[11]

DESPREZO PELA SAGRADA ESCRITURA

Parvo é quem não crê na Escritura, que trata da salvação, e pensa que pode viver como se não existisse nem Deus nem inferno, desprezando tanto os sermões quanto a doutrina, como se nada visse ou ouvisse. Se algum dos mortos se erguesse, todos correriam cem milhas até ele para ouvir novos relatos sobre o que sucede no inferno: se muitas pessoas lá têm chegado, se ali é possível provar novos vinhos e outras macaquices igualmente tolas. Temos, afinal, a Escritura, que tanto nos fala sobre a velha quanto a nova aliança, e não precisamos de nenhum outro testemunho, seja da capela, seja da eremita do gaiteiro de foles de Nickelshausen.[66] Deus afirmou Sua verdade: "Quem aqui cai em pecado, lá sofre a penalidade, e quem aqui aceita a palavra de sabedoria, lá será agraciado por toda a eternidade." Deus concedeu, e não há como duvidar disso, o poder de escutar ao ouvido, o poder de ver ao olho, de modo que é cego e surdo quem não ouve a sabedoria e não acredita nela, preferindo dar ouvido a novas histórias e lendas. Temo que logo virão os dias em que nos chegarão mais histórias do que é adequado ou prudente. Jeremias gritou e buscou ensinar, mas ninguém lhe deu atenção, assim como a outros sábios, o que deu causa a muitas calamidades e pragas.

66. O autor refere-se a Hans Böhme, pastor em Nickelshausen an der Tauber, cujo apelido era "gaiteiro de foles". Em 1476, após liderar um levante de camponeses contra o Bispo de Wüzburg, foi queimado na fogueira.

Quem não prende bem a cilha antes de cavalgar e em tempo não toma as precauções sensatas é motivo de escárnio quando cai ao chão.

[12]

Do néscio imprudente

Iguala-se aos parvos aquele que diz: "Não pensei que isso pudesse acontecer!" Quem no tempo certo reflete sobre todas as consequências prende bem a sela antes de cavalgar. Quem pensa somente depois de agir, pode encontrar a solução tarde demais. Quem tem a ação como boa conselheira, ou é um homem muito experiente, ou segue o exemplo das mulheres, que prezam tal conselho. Tivesse Adão meditado antes de comer a maçã, não teria perdido o paraíso por causa de mordida tão pequena. Se Jônatas tivesse refletido melhor, não teria aceito a dádiva que Trifon lhe ofereceu com falsidade antes de assassiná-lo.[67] Em todas as contendas, Júlio César sempre teve bom conselho à mão, mas em tempos de paz e ventura, caiu no equívoco de não ler a carta que o alertava sobre o iminente perigo. Nicanor cometeu um pequeno erro de cálculo ao vender a caça antes de abatê-la,[68] o que lhe rendeu terrível derrota: foram-lhe cortados a língua, uma mão e a cabeça.[69] Um plano cheio de discernimento sempre é adequado a quem o elabora com antecedência. Muitos têm tamanha pressa que acabam por chegar atrasados; quem anda muito rápido pode tropeçar e cair. Asael, conhecido por seus passos ligeiros, foi derrubado por Abner e trespassado por sua lança.[70]

67. 1 Macabeus 12, 43.
68. 2 Macabeus 8, 10-14: Nicanor negociou escravos judeus antes de capturá-los.
69. 2 Macabeus 15, 30.
70. 2 Samuel 2, 17-23.

Amarrados por uma corda, arrasto atrás de mim símios, burros e toda sorte de imbecis. Eu os engano, iludo e seduzo.

[13]

Dos arroubos amorosos

Eu, Vênus com a bunda de palha,[71] não sou das menos importantes na caldeirada de néscios. Atraio uma multidão de parvos e faço de bobo quem eu quero; meus fregueses são tantos que é impossível nomeá-los a todos. Aqueles que já ouviram falar do estábulo de Circe, de Calipso, do jugo das sereias, podem imaginar como são imensos os meus poderes.[72] Aqueles que se consideram prudentes eu mergulho até o fundo na caldeirada de néscios, e quem já foi ferido por mim traz uma chaga que remédio algum é capaz de curar. Tenho um filho que é cego: nenhum apaixonado enxerga o que deveria fazer. Meu filho é um menino, não um homem: infantis são os expedientes dos apaixonados, que como crianças andam de um lado a outro sem juízo e sem arbítrio; e deles não se ouve uma só palavra de peso. Meu filho está nu e exposto à luz do sol, pois a paixão está sempre e por completo à vista. O amor indigno é volátil e não permanece por muito tempo em lugar algum, por isso meu filho tem asas. A paixão é volúvel, não havendo nada mais passageiro do que ela sobre a terra. Cupido traz sempre consigo um arco e em cada ombro uma grande aljava. Em uma delas estão setas com as pontas em forma de gancho; com elas acerta os parvos às dúzias, pois são aguçadas, rígidas, arqueadas, pungentes. Quem por elas é atingido perde toda a razão e discernimento e junta-se à ciranda dos loucos. Na outra aljava estão as setas pesadas, com pontas arredondadas e recobertas de chumbo. Elas acertam dois ao mesmo tempo: um é ferido, o outro é afugentado. Quem foi alvo da mão certeira de Cupido, logo é incendiado por seu irmão, Amor. Esse fogo, que ninguém consegue controlar, outrora tomou a vida de Dido e levou Medeia a sacrificar com as

71. Símbolo da sensualidade inflamável.

72. Figuras da *Odisseia* (Homero) e *As metamorfoses* (Ovídio): Circe transformou os companheiros de Ulisses em animais; Calipso manteve-o prisioneiro por sete anos; as sereias atraíam com seu canto os marinheiros, que morriam afogados.

próprias mãos tanto o irmão quanto os filhos.[73] Sem essas chamas, Tereus[74] não seria uma poupa, Pasífae evitaria o touro,[75] Fedra não teria seguido Teseu nem buscado a desonra com seu enteado,[76] Nesso não teria recebido um golpe fatal,[77] Troia não seria atingida por tamanha desgraça, Cila não teria tocado nos cabelos do pai,[78] Jacinto não seria uma flor,[79] Leandro não teria mergulhado no mar,[80] Messalina teria conservado a castidade,[81] Marte não teria sido aprisionado com sua amante,[82] Prócris teria evitado as folhagens,[83] Safo não teria se atirado dos rochedos,[84] as sereias não teriam naufragado tantos barcos, Circe não impediria a passagem das embarcações, Ciclope e Pã não se lamentariam,[85] Leucótea não seria um incen-

73. Dido, rainha de Cartago, cometeu suicídio após ser abandonada por Eneias; Medeia matou o irmão para facilitar sua fuga com Jasão; mais tarde, ao ser repelida pelo amado, matou os filhos que tivera com ele.
74. Tereus estuprou sua cunhada, Filomela, e cortou-lhe a língua para silenciá-la. A esposa, Procne, descobriu o crime, matou o próprio filho (Ítis) e serviu-o ao marido como punição. Enfurecido, Tereus perseguiu as irmãs, sendo transformado pelos deuses em poupa.
75. Da união de Pasífae com um touro enviado por Netuno à ilha de Creta, nasceu o Minotauro, monstro metade homem, metade touro.
76. Fedra apaixonou-se por Hipólito, filho de Teseu com uma amazona. O amor não correspondido levou à morte de Hipólito e ao suicídio de Fedra.
77. O centauro Nesso tentou violentar Dejanira, sendo morto por Hércules.
78. Cila apaixonou-se por Minos quando este tentava conquistar a cidade de Mégara, governada pelo rei Niso. A fim de garantir a vitória de Minos, ela cortou os cabelos do pai, que o tornavam invencível.
79. Jacinto, amado de Apolo, foi acidentalmente morto por ele, que o transformou na flor de mesmo nome.
80. Leandro era apaixonado por Hero, sacerdotisa de Vênus, e todas as noites atravessava o mar a nado para encontrar a amada, que o guiava com uma lâmpada. Certa noite a lâmpada foi apagada pela tempestade e Leandro morreu afogado.
81. Messalina foi casada com o imperador romano Cláudio, tendo tido grande quantidade de amantes.
82. Quando o deus Marte estava no leito com Vênus, Vulcano prendeu a ambos em uma rede de bronze para ridicularizá-los diante dos demais deuses.
83. Duvidando da fidelidade do marido, Céfalo, Prócris escondeu-se entre arbustos para vigiá-lo durante a caça e foi acidentalmente atingida por uma seta.
84. Devido a um amor não correspondido.
85. O ciclope Polifemo teve seu único olho furado por Ulisses; a flauta de Pã era uma recordação de seu amor não correspondido pela ninfa Siringe.

so,[86] Mirra não carregaria Adônis no ventre,[87] Bíblis não teria amado o irmão,[88] Dânae não teria sido fecundada pelo ouro,[89] Nictímene não fugiria pela noite adentro,[90] Eco não seria uma voz,[91] Tisbe não teria tingido as bagas,[92] Atalanta não sofreria como leoa,[93] a mulher do levita não estaria desonrada e nem teria levado uma tribo inteira à destruição,[94] Davi ignoraria o banho de Bate-Seba,[95] Sansão não teria confiado em Dalila,[96] Salomão não adoraria ídolos,[97] Amnom não teria feito nenhuma maldade à irmã,[98] José não teria sido, como Belerofonte e Hipólito, acusado injustamente,[99] o sábio não teria servido de montaria,[100] Virgílio não penderia da torre;[101] e Ovídio contaria com as boas graças do imperador se não tivesse ensinado a arte do amor. Muitos homens poderiam ser sábios se a paixão não os impedisse. Quem conquista boas credenciais junto às

86. Leucótea era amada por Apolo, o que enfureceu seu pai, que a enterrou viva. Apolo então a transformou na árvore do incenso.
87. Mirra amava o pai e conseguiu dele engravidar sem que o mesmo soubesse de sua identidade. Quando ele descobriu a verdade, perseguiu a moça, que foi transformada pelos deuses na planta de mesmo nome.
88. Cauno ficou horrorizado quando descobriu o amor incestuoso de sua irmã gêmea e fugiu para longe. Bíblis então enlouqueceu.
89. Júpiter assumiu a forma de chuva de ouro antes de unir-se a Dânae.
90. Nictímene fugiu durante a noite para escapar do amor incestuoso do pai, sendo transformada por Atenas em coruja.
91. Eco foi definhando ao não ser correspondida por Narciso; por fim, restou apenas sua voz.
92. Ovídio (*As metamorfoses*) relata que Tisbe e Píramo se amavam, mas apenas podiam encontrar-se secretamente, pois as duas famílias não aceitavam seu casamento. Pensando que a amada morrera, Píramo mata-se. Tisbe, ao descobrir seu cadáver, toma a adaga e suicida-se junto ao pé de uma amoreira. Desde então a amora teria frutos da cor do sangue (antes suas frutas teriam sido brancas).
93. Atalanta entregou-se ao marido no templo de Júpiter, sendo então ambos transformados em leões.
94. Juízes 19-20.
95. 2 Samuel 11.
96. Juízes 16.
97. 1 Reis 11.
98. 2 Samuel 13.
99. Gênesis 39.
100. Aristóteles teria se deixado selar e montar por uma moça a quem amava.
101. Uma moça o teria feito passar a noite em um cesto amarrado abaixo de sua janela.

mulheres tem sua consciência reduzida a cinzas e não consegue servir inteiramente a Deus. Quem muito se deixa arrastar pela paixão torna-se vítima de chacota e, independentemente de sua condição social, cobre-se de humilhação e parvoíce. O mais escandaloso, porém, é quando uma mulher velha ou um homem velho querem ser galanteadores. Tolo é aquele que pensa que pode entregar-se à brasa da paixão e manter seu comedimento e sensatez. É impossível cultivar a sabedoria e ao mesmo tempo amar intempestivamente. O apaixonado sempre é cego, mas acredita ser discreto. Esta é a mais poderosa erva de insensatez e um gorro que se mantém grudado à pele por um longo tempo.

Quem considera Deus misericordioso, sem também considerá-Lo justo, tem a sensatez de um ganso ou de um porco.

[14]

Da insolência contra Deus

Cobre-se de banha de burro e traz uma lata em torno do pescoço[102] aquele que ousa afirmar que Deus é misericordioso, mas não Se encoleriza quando alguém comete pecados, considerando-os tão insignificantes que os encara como algo totalmente humano. Não foi para os gansos que Deus destinou o esplendor do reino celestial; e sempre foram cometidos pecados, não sendo hoje que tudo começou. A Bíblia ele sabe recitar, e muitas outras histórias, mas não quer enxergar que o castigo sempre está escrito por toda parte, com pragas e vinganças, e que Deus nunca tolerou receber um tapa na face. Deus não é um boêmio ou tártaro, mas a linguagem desses povos Lhe é clara, e, ainda que Sua clemência seja tão vasta que não tenha número, peso ou tamanho, Sua justiça permanece infalível e proporciona o castigo por toda a eternidade para aqueles que não fazem o certo, atingindo amiúde até a nona geração. A indulgência não pode perdurar se a justiça divina desaparecer. É verdade que o céu não é dado aos gansos, mas tampouco entrará no reino celestial uma vaca,[103] um insensato, um símio, burro ou porco, pois o que está nas fileiras do diabo não é aceito em outros lugares.

102. Ver estampa 14.

103. Em língua alemã há diversas expressões que associam a vaca e o ganso, além do burro, à estupidez ou falta de inteligência.

Quem quer erguer uma construção, que estabeleça quanto pode pagar, senão perderá de vista o tamanho da conta.

[15]

Dos planos disparatados

É um tolo aquele que pretende erguer uma construção e não estabelece de antemão quanto pode pagar e se de fato consegue realizá-la conforme o plano. Muitos já se dispuseram a fazer grandes obras e não conseguiram ir até o fim. O rei Nabucodonosor certa vez ousou afirmar que edificou a grande cidade de Babilônia, mas logo aconteceu de ficar estirado no campo, como uma vaca no pasto.[104] Nimrod quis edificar até as nuvens uma torre que resistisse às tempestades, mas não calculou as dificuldades e não viu que sua ideia era impossível.[105] Nem todos são tão hábeis construtores como Lúculo.[106] Quem não deseja arrepender-se, que reflita com cuidado antes de iniciar uma construção, pois muitos são tomados de arrependimento quando já é tarde demais e chegou a hora de pagar. Quem quer empreender algo grande deve estar seguro de conseguir chegar ao termo do que planeja a fim de não ser vítima da má sorte e tornar-se motivo de riso das pessoas. O melhor é não dar início a nada em vez de sofrer danos, humilhações e chacotas. As pirâmides custaram caro, assim como o labirinto junto ao Nilo,[107] mas já desapareceram há muito. Nenhuma construção do mundo consegue durar por longo tempo!

104. Daniel 4, 26-30.
105. Nimrod é apresentado em Gênesis 10, 8 e em 1 Crônicas 1, 10 como homem muito poderoso. Houve quem o considerasse o construtor da torre de Babel.
106. Lúcio Lúculo (aprox. 118-56 a.C.) foi general e político romano. Construiu uma mansão extremamente luxuosa e imponente.
107. Essa localização do labirinto é dada por Plínio em *Historia naturalis*, XXXVI, 84 (aprox. 77 d.C.).

Merecida pobreza acomete os que cedem continuamente à gula e se associam aos dissipadores.

[16]

Da gula e vida desenfreada

Calça os sapatos de pateta quem passa os dias e noites sem descanso, planejando como encherá a boca e a pança, convertendo-se em um canal, como se tivesse nascido para desperdiçar muito vinho, devastando-o diariamente. Este tem lugar garantido na nau dos insensatos, pois destrói o juízo e os sentidos. Isso ele perceberá na idade avançada, quando lhe tremerem as mãos e a cabeça. Sua vida é assim abreviada, e seu fim adiantado. O vinho é uma coisa nociva, que destrói o bom-senso de quem nele busca alegria. Uma pessoa bêbada não tem respeito por ninguém, nem tem senso de medida ou noção do que faz. O desregramento acompanha a embriaguez, que traz muitos outros males, tendo bom discernimento apenas quem bebe com parcimônia. O próprio Noé não suportava o vinho, mas o encontrou e plantou.[108] Por causa do vinho, Ló incorreu em pecado duas vezes,[109] e o vinho fez João Batista ser decapitado.[110] O vinho convence o homem prudente a usar o gorro dos tolos. Quando Israel se sentia bem e com o estômago cheio, começaram as ações impuras e a dança infernal.[111] Por isso Deus ordenou aos filhos de Arão[112] que se abstivessem do vinho e de tudo que embriaga, mas os sacerdotes pouca atenção deram a isso! Quando Holofernes estava embriagado, perdeu tanto a barba quanto a cabeça;[113] Tamíris precisou de comida e bebida quando forçou o rei Ciro;[114] e Ben-Hadade tinha sido derrubado pelo vinho quando lhe tiraram todas as suas posses.[115] Quando bebia, Alexandre es-

108. Gênesis 9, 20-21.
109. Gênesis 19, 33-38.
110. Marcos 6, 17-29.
111. Ao redor do bezerro de ouro - Êxodo 32.
112. Levítico 10, 9.
113. Judite 12, 21; Judite 13, 9.
114. A fonte provável é Heródoto. Ao contrário do que diz Brant, Ciro derrotou o exército da rainha Tamíris com um ardil. Fingiu abandonar a cidade, deixando para trás grande quantidade de comida e vinho. Quando os soldados estavam bêbados, retornou e matou todos, capturando o general, filho de Tamíris. Quando este acordou do torpor causado pela bebida, matou-se. Mais tarde Tamíris teria derrotado Ciro.
115. 1 Reis 20, 16ss.

quecia-se por completo de sua honra e virtude, e disso mais tarde sempre se arrependia. O rico bebe como um bom companheiro de copo e, na manhã seguinte, come no inferno;[116] o homem poderia ser livre, deixando de ser um servo, se o vinho e a embriaguez desaparecessem. Quem ama o vinho e os nacos gordos não pode ser rico nem bem-aventurado.[117] Ai dele e de seu pai! Sempre se envolverá em contendas e desgraças aquele que enche a pança como um boi, que quer beber à saúde de todos e que responde a todos os brindes. Quem bebe muito vinho sem necessidade, assemelha-se àquele que adormece no mar e jaz sem sentidos e indefeso:[118] assim fazem os que somente pensam em esbórnias, em comer e beber dia e noite. Se o estalajadeiro os trata como fregueses e lhes traz uma posta e um quarto de vaca, além de amêndoas, figos e arroz, eles provavelmente pagarão no dia de São Nunca. Muitos poderiam tornar-se de pronto sábios, se a sabedoria estivesse dentro do vinho que emborcam na goela sem descanso. Cada qual bebe em homenagem do outro: "Um viva para ti! - Tu mereces!" A isso responde o outro: "Espera, que também retribuo, até estarmos empanturrados os dois!" Isso agrada aos que são parvos completos! Um no copo, dois no papo; bem melhor seria uma corda no pescoço. Tamanha glutonaria é tresloucada, como Sêneca já previa quando escreveu em seus livros que um dia o ébrio receberia mais honras do que um sóbrio, e que a maior fama seria daquele que se embriagou de vinho. Também me refiro aqui aos bebedores de cerveja, quando alguém consegue beber sozinho um tonel, ficando tão cheio que poderia ser usado para arrombar uma porta. Um insensato precisa beber sem limites; um sábio pode beber com temperança e isso é muito mais saudável do que não ter limites. O vinho entra no corpo com suavidade, mas ao final morde como serpente e despeja seu veneno no sangue,[119] assim como faz o basilisco.[120]

116. Lucas 16, 19-24.
117. Provérbios 21, 17.
118. Provérbios 23, 34.
119. Provérbios 23, 31-32.
120. Criatura fabulosa, com corpo de serpente e olhar fatal.

Quem tem posses e com elas se deleita, mas não quer compartilhá-las com os pobres, terá as suas próprias súplicas recusadas.

[17]

Da riqueza inútil

A maior tolice do mundo é o dinheiro ser mais glorificado do que a sabedoria, e que se estime em primeiro lugar o homem rico. Ele, que tem guizos pendurados nas orelhas, deveria ser o único conselheiro, pois tem muito a perder. De cada qual, o mundo acredita apenas o equivalente ao dinheiro que ele carrega no bolso: o senhor *Pfennig*[121] há de vir sempre à frente. Caso Salomão ainda vivesse, e fosse um pobre tecelão ou tivesse o saquinho de moedas vazio, não seria admitido no Conselho. Convidam-se os ricos para a mesa, e eles são servidos de animais de caça, aves, peixes e recebem toda sorte de gentilezas, enquanto o pobre fica temeroso à porta e à míngua. Ao rico diz-se: "Servi-vos, senhor!" Oh, *Pfennig*, tu recebes as deferências e consegues conquistar as boas graças de muitos: quem tem *Pfennige* é premiado com muitos amigos, recebe cumprimentos e é saudado por todos. Se alguém pede a mão de uma moça em matrimônio, a primeira pergunta é: "Quanto ele possui?" A ninguém mais importa a honestidade ou então o decoro, o saber, a sensatez? Todos preferem alguém do grêmio dos paspalhos que tenha algumas migalhas para mergulhar no leite, ainda que seja um rufião. Não têm valor a ciência, a honra, a circunspeção quando o *Pfennig* está em falta. Quem é surdo aos rogos dos pobres não será ouvido por Deus, não importa com quanta força bata à porta.[122]

121. Pequena moeda de cobre. Aqui ela está sendo usada como personificação da riqueza em si. O plural de *Pfennig* é *Pfennige*.

122. Provérbios 21, 13.

Querer obedecer a dois senhores é como caçar duas lebres ao mesmo tempo ou levar uma carga pesada demais.

[18]

Do serviço para dois senhores

Néscio é aquele que julga poder servir a Deus e ao mundo, pois quando um servo tem dois senhores nenhum deles é servido adequadamente.[123] Não é raro cair na ruína um artesão que tem grande habilidade e conhece muito bem seu ofício. Quem de uma vez quer apanhar duas lebres com um único cão de caça, consegue capturar apenas uma, ou amiúde não captura nenhuma delas. Quem deseja atirar com muitos arcos provavelmente não acertará nenhuma vez o alvo; e quem aceita muitos encargos não consegue realizar tudo o que é necessário a cada um deles. Aquele que precisa estar aqui e também lá não estará a postos nem aqui e nem lá. Quem quer agradar a todos precisa ter o sopro tanto frio quanto quente,[124] engolir muitas coisas que não lhe agradam, encolher-se quando o cobertor é curto, colocar almofadas sob os cotovelos de todo mundo, untar bem a testa de todos e cuidar para não despertar a cólera de ninguém. Mas é saboroso ter vários encargos, pois é possível aquecer-se rapidamente diante das brasas de vários fornos; no entanto, quem experimenta muitos vinhos acaba não elogiando nenhum. Um adereço simples sempre está logo à mão; o sábio louva a singeleza. Quem serve apenas a um senhor, e o faz com dedicação, é o mais leal dos servos. O asno que sempre troca de dono nunca tem o suficiente para matar a fome e termina por definhar.

123. Mateus 6, 24.

124. Uma antiga fábula popular, mais tarde reproduzida por diversos autores, como Hans Sachs, Ulrich Boner, Burchard Waldis, etc., fala da exigência de se ter o sopro frio quando se está diante de uma sopa quente e sopro quente quando as mãos estão frias. Ao fundo está a ideia de que é impossível contentar gregos e troianos.

Quem resguarda sua língua e boca protege do temor a alma e o espírito;[125] *o pica-pau delata a própria ninhada.*

125. Provérbios 13, 3.

[19]

Do falatório exagerado

Parvo é quem quer apontar defeitos quando todos os demais silenciam, e assim estimula o ódio onde poderia reinar a concórdia. Quem deseja falar onde não deve está moldado à perfeição para a Ordem dos Néscios; quem responde quando ninguém lhe perguntou deixa à vista sua indumentária de insensato.[126] Muitos se comprazem com a própria fala, embora ela apenas lhes traga prejuízo e sofrimento, pois confiam que suas palavras conseguem convencer um passarinho[127] a soltar a noz ou que elas são tão fortes a ponto de poderem desfazer o que está no papel[128] e produzirem grande alvoroço. Mas quando chega a hora da confissão e se trata do prêmio eterno, aí parece que o gato lhes comeu a língua. Há de sobra no mundo homens como Nabal,[129] cujo palavrório é maior do que o aconselhável, e que perdem a oportunidade de ser sensatos porque preferem ser faladores. Um pica-pau denuncia com sua língua o próprio ninho em que estão seus filhotes. O silêncio por vezes é a resposta com melhor significado, e muitos estragos vêm dos mexericos, pois a língua é um órgão diminuto,[130] mas que pode acarretar grande confusão e desentendimento, às vezes maculando um homem por inteiro, além de trazer altercações, guerras, desavenças. Causa-me grande assombro que seja fácil domar todos os animais, não importa quão infatigáveis, selvagens ou ferozes sejam, mas a língua mostra-se indomável! Ela é um instrumento irrequieto, que causa muitos males ao ser humano: pode lançar impropérios contra Deus e aviltar o próximo, feito à semelhança de Deus, com zombarias, imprecações, difamação e menosprezo. Não são poucos os que ela já traiu, pois propala aos quatro ventos os gestos mais secretos. Muitos vivem tão bem de falar que não precisam de pão e vinho, e no tribunal ela é muito

126. Provérbios 18, 13.
127. Convencendo-o a abrir o bico e assim soltar a noz.
128. Por meio da falsificação do documento.
129. 1 Samuel 25.
130. Tiago 3, 5.

útil para entortar o que estava direito; mas não faltam simplórios miseráveis de quem ela tirou até o último vintém e que agora vivem a mendigar. O linguarudo tem palavras de sobra; ele se faz cócegas e ri quando quer, mas não há algo de bom que diga de alguém. Quem hoje faz muito estrondo e algazarra recebe elogios e muita atenção, em especial se andar em grossos capotes e com fartos anéis, já que as pessoas não dão valor a quem anda em trajes surrados. Se na terra ainda andassem Demóstenes,[131] Túlio[132] e Ésquines,[133] sua sabedoria não ganharia qualquer reconhecimento caso não denegrissem ninguém e não falassem com muitos floreios, os quais encantam a quem é parvo. Quem muito fala diz demais, e nas divergências precisa ter a língua aguçada e pronta para disparar contra o alvo. Falar muito é pecar e ludibriar, além de não ter amigos quem vive a mentir. A maledicência contra um senhor não passa despercebida por muito tempo, ainda que aconteça bem longe dele: um passarinho sempre faz chegar a notícia. O desfecho nunca é favorável, pois os senhores abastados sempre têm muitos braços. Se alguém fustiga com força para o alto, logo lhe caem muitas lascas nos olhos, e se fala de assuntos que não lhe competem, a ruína muitas vezes será a sua recompensa. Um tolo abre-se de par em par; o sábio é cauteloso e silencia.[134] Palavras inúteis não trazem proveito, e da intriga só brotam flagelos. Por isso, o melhor é ficar calado ao invés de tagarelar, palrar ou vociferar. Uma pequena palavra levou Sótades[135] ao cárcere, e bastou Teócrito[136] chamar Antígono de zarolho para ser perseguido como Túlio e Demóstenes.[137] Quem silencia age de modo louvável, honrado e bom; quem fala com sabedoria age de modo ainda melhor.

131. Demóstenes (384-322 a.C.) foi um importante orador grego.
132. Trata-se de Marco Túlio Cícero (106-43 a.C.).
133. Ésquines (aprox. 390-314 a.C.), orador ateniense, era oponente de Demóstenes.
134. Provérbios 29, 11.
135. Poeta grego do séc. III a.C. Vivia em Alexandria e foi preso por criticar Ptolomeu Filadelfo.
136. Teócrito (séc. IV a.C.) foi executado pelo general macedônio Antígono, apelidado de Ciclope.
137. Ambos encontraram a morte por causa de suas palavras. A fonte é Plutarco, *De educatione*, 14, 26, 29 e 30.

Quem encontra algo e leva consigo, pensando ter em mãos um presente de Deus, na verdade foi enganado pelo Diabo.

[20]

De tesouros encontrados

É pobre de espírito quem encontra alguma coisa e, sem perguntar quem é o dono, leva-a consigo dizendo: "É uma dádiva de Deus!" Aquilo que alguém não semeou não lhe pertence. Ele está proibido de colhê-lo, pois sua honestidade lhe diz que pertence a outro. E aquilo que bem sabe não ser sua propriedade não pode trazer proveito, ainda que seja algo de que necessite e que tenha encontrado sem malefício. Há que devolvê-lo àquele que o comprou, quando souber quem ele é, ou a seus herdeiros, se for falecido. Se eles não forem conhecidos, então cabe doá-lo a algum homem pobre ou dar-lhe um destino conforme a vontade de Deus. Não deve permanecer na tua casa, pois é um bem separado de seu dono. Não falta quem tenha sido amaldiçoado por tais bens e condenado às chamas do inferno, onde é esfregado quando não transpira. Acã[138] reteve o que não era seu e assim levou a dor a seu povo, sendo por fim apedrejado. Quem carrega um pequeno fardo sobre os ombros também aceitaria um peso maior, se oportunidade tivesse. Roubar ou encontrar é o mesmo aos olhos de Deus, que te vê e a teu coração. Nada encontrar não turva o coração, mas encontrar e não devolver, sim. Aquilo que é encontrado e levado para casa de lá só sai contrariado.

138. Josué 7.

Aquele que indica a outrem um bom caminho, mas permanece na poça de água e na lama, carece de sabedoria e discernimento.

[21]

Da depreciação alheia e do fazer próprio

O insensato deprecia aquilo que não é demasiado para ele próprio fazer. É tolo e não merece honras quem julga todas as coisas pelo seu lado pior, quem sempre vê apenas as desvantagens de tudo e não considera suas próprias fraquezas. Uma mão na tabuleta da encruzilhada apenas aponta para a direção que ela própria não segue, e quem tem no olho um cisco,[139] primeiro deve removê-lo para depois poder dizer: "Irmão, toma cuidado, pois vejo um argueiro que me causa incômodo!" É inoportuno que alguém deprecie os demais e, não obstante, ceda ao vício que criticou nas outras pessoas, ou então que venha a ouvir: "Senhor médico, curai primeiro a vós mesmos!"[140] Muitos dão conselhos a outrem, mas não têm conselho para si mesmos, como Gentile e Mesue,[141] cada qual morto pela própria doença que desejava curar e sobre a qual escreveu. Qualquer falta que se manifesta fica tanto mais clara quanto maior a estima por aquele que a cometeu.[142] Primeiro realiza a obra e só então ensina, caso queiras receber reconhecimento e honrarias. Certa vez a tribo de Israel tinha em mente castigar os filhos de Benjamim,[143] porém não teve forças, pois estava subjugada ela própria pelo pecado.

139. Mateus 7, 4-5.
140. Lucas 4, 23.
141. O italiano Gentile Gentili da Foligno (viveu até 1348 d.C.) e o árabe-cristão João Mesue (falecido em 857 d.C.) são médicos que escreveram tratados sobre febre e infecções. Segundo consta em certos relatos, teriam morrido da própria doença para a qual costumavam administrar remédios.
142. Juvenal, VIII, 140.
143. Juízes 20.

A quem apraz ouvir e disseminar a sabedoria, e sempre se volta para ela, será honrado na eternidade.

[22]

A DOUTRINA DA SABEDORIA

A sabedoria clama com voz bem clara:[144] "Raça humana, ouvi minha palavra! Dá valor à experiência,[145] criança! Atenção, insensatos! Procurai o ensinamento, não o dinheiro! A sabedoria vale mais que o mundo ou qualquer coisa que se possa desejar! Buscai a sabedoria dia e noite! Nada se iguala a ela sobre a terra; a sabedoria é muito valiosa nos conselhos e toda a força e toda a ponderação são minhas unicamente. Sou eu quem coloca a coroa sobre a cabeça do rei; eu crio com justiça todas as leis; por meu intermédio os fidalgos possuem suas terras, eu cubro o poder de direito. Quem me ama também é amado por mim; quem cedo me procura, encontra-me. Junto a mim estão riqueza, propriedades e honra; a mim possuiu Deus, Nosso Senhor, desde o início da eternidade. Através de mim Deus ordenou todas as coisas, e sem mim nada foi realizado. Bendito aquele que nunca me perde de vista. Por isso, meus filhos, não sejais indolentes; abençoado aquele que segue meu caminho! Quem me encontra alcança a felicidade e a salvação; quem me odeia está destinado à perdição!" Sombrio é o porvir dos néscios, pois verão o fulgor da sabedoria e a recompensa que ela traz por toda a eternidade, e eles serão subjugados pela dor, ficando à mingua e no desespero para sempre.

144. Com exceção das linhas finais, todo este capítulo acompanha Provérbios 8.
145. Sabedoria ou inteligência prática.

Quem pensa que goza de plena felicidade e que a sorte continuamente estará a seu lado, por fim há de ser atingido pelo martelo dos céus.

[23]

A EXCESSIVA CONFIANÇA NA SORTE

É simplório quem se vangloria de que a sorte sempre lhe sorriu e que foi ditoso em todas as circunstâncias: a este o céu atingirá com um raio em seu telhado. A boa fortuna é um sinal da transitoriedade das coisas, indicando que Deus pouco Se ocupa dos homens que não está colocando à prova no momento. É proverbial dizer-se que um amigo visita a outro com frequência. Um pai constantemente repreende seus filhos para que eles aprendam a agir conforme o que é certo; o médico administra beberagens azedas e amargas para que o doente seja curado sem demora; um barbeiro[146] sonda[147] e apara a ferida para que a moléstia logo sare; e ai do enfermo se o médico não se empenha e deixa de dizer ou advertir: "Isto o convalescente não deveria ter feito; aquilo ele não deveria ter tentado!", e, ao contrário, diz: "Dai-lhe sem demora o que ele deseja e prefere!" A quem o diabo deseja fazer malograr, ele faz chegar felicidade e riqueza em quantidade. A paciência na pobreza é melhor do que toda a felicidade, riqueza, e propriedades do mundo. Ninguém deve ufanar-se da sorte, pois quando Deus assim o desejar, ela lhe será arrebatada. Um néscio clama com insistência: "Oh, felicidade, por que me abandonastes, oh, felicidade? Qual a minha culpa? Dai-me de sobra para que eu continue sendo um imbecil!" Por isso nunca houve tão completos néscios como os que foram felizes aqui!

146. Os barbeiros desincumbiam-se de cuidados que hoje estão a cargo de dentistas, enfermeiras e cirurgiões.

147. Examina com sonda, aparelho utilizado para avaliar as condições da ferida.

Quem carrega nas costas os pesares do mundo inteiro, sem refletir se isso lhe traz proveito ou dano, que também tenha paciência quando for banhado.[148]

148. Tratado como um palerma.

[24]

Da preocupação em demasia

Insensato é aquele que pretende carregar mais do que lhe é possível erguer, e que se dispõe a fazer sozinho aquilo que exigiria três para ser realizado. Quem toma o mundo inteiro sobre os ombros, certamente cairá sob o seu peso. Sobre Alexandre lemos que o mundo lhe parecia por demais estreito, e que dele exalava suor como se não tivesse espaço suficiente para seu corpo, mas ao final descansou em uma tumba medindo sete pés. A morte sozinha é quem mostra com o quanto podemos nos contentar. Diógenes[149] tinha mais poder, mas sua morada era apenas uma pipa; embora não possuísse nada sobre a terra, a única coisa que desejava era que Alexandre fosse embora e não lhe obstruísse o sol. Quem aspira a coisas elevadas há que correr riscos elevados. De que vale ao homem ganhar o mundo e nele perder-se?[150] De que te serve conquistar as alturas para teu corpo se tua alma cai até o inferno? Quem não quer deixar os gansos descalços, preocupando-se em varrer cada beco e ruela e desejando aplainar montanhas e vales, não encontra a paz em nenhum lugar. Preocupações em excesso não fazem bem, tornando o homem pálido e descarnado. Um tolo é quem incansavelmente se mortifica com coisas que, ao fim e ao cabo, não podem ser mudadas.

149. Diógenes (séc. V-IV a.C.) foi um filósofo que se absteve de todos os bens materiais, vivendo nu em um barril.

150. Mateus 16, 26.

Quem muito quer tomar emprestado jamais terá sua dívida devorada pelos lobos,[151] *e estará à mercê dos coices do burro.*

151. A dívida terá que ser paga. Trata-se do provérbio alemão "Es frisst der Wolf kein Ziel", que equivale a "As lágrimas não pagam dívidas" ou "Suspiro de vaca não arranca estaca".

[25]

O TOMAR EMPRESTADO

É duas vezes mais néscio do que os demais quem obtém a crédito sem avaliar que o dia do pagamento não falhará em chegar e que "As riquezas têm asas, as dívidas têm garras!" Assim também ocorre com aqueles cuja maldade recebe de Deus um longo tempo para regeneração, mas que, ao contrário, dia após dia somente aumentam a carga sobre seus ombros. Por isso, o Senhor aguarda até o momento final, quando eles terão que ajustar as contas até o último centavo. Mulheres, crianças e animais morreram quando chegou o dia para quitação dos pecados de Sodoma e Gomorra. Jerusalém caiu por terra depois de Deus esperar muitos anos; os habitantes de Nínive[152] foram chamados a liquidar sua dívida, mas logo cometeram opróbrios ainda maiores e desta vez não houve Jonas que pudesse socorrê-los. Todas as coisas têm seu tempo e seu final, seguindo o caminho traçado pela vontade de Deus. Quem se sente à vontade comprando fiado não se preocupa com o dia de pagamento. Não aceita a companhia daqueles que rapidamente se oferecem como fiadores, pois se não tiveres como pagar, tomarão até o colchão de tua cama.[153] Quando o Egito foi açoitado pela fome, o povo comprou tantos grãos que pagou duramente, submetendo-se à servidão.[154] Quando o burro resolve dançar sobre o gelo, não se pode impedi-lo segurando-o pelo rabo.

152. Jonas, 3 e Naum 2-3.
153. Provérbios, 22, 26-27.
154. Gênesis, 47, 13-25.

Quem deseja aquilo de que não precisa, e não confia em Deus, alcança amiúde prejuízos e torna-se vítima de zombarias.

[26]

Os desejos desnecessários

Néscio é quem deseja aquilo que lhe trará mais pesares do que vantagens; e se o seu desejo fosse realizado, isso de nada lhe adiantaria, pois ele continuaria o mesmo insensato de antes. O rei Midas[155] desejou ver transformado em ouro tudo o que tocasse, e quando obteve a realização de sua vontade, seu pão e vinho convertiam-se em ouro; como lhe nascessem orelhas de burro na cabeça,[156] teve um bom motivo para encobrir os cabelos. Ai daquele cujos desejos são atendidos! Há os que desejam viver por longos anos,[157] mas colocam a alma em perigo ao se entregarem a excessos nas tabernas, tendo com isso de adiantarem o momento de sua partida. Caso cheguem à velhice, encontram-se emaciados, enfermos, deformados; suas faces e corpos ficam tão esqueléticos como um cabo de vassoura. Somente tem muitas alegrias aquele que ainda é jovem. Na velhice, sem exceção, ficam trêmulos os membros, a voz e o cérebro; o nariz enche-se de muco; a cabeça torna-se calva; às mulheres, o velho parece quase sempre repugnante; para si mesmo e para os filhos ele nada mais é do que um fardo; nada mais lhe apetece ou tem o sabor de outrora; e muito do que vê parece-lhe errado. Há quem vive por muito tempo, mas isso apenas prolonga seus sofrimentos e multiplica seus infortúnios, mantendo-os na desgraça e no luto. Nestor[158] avançou em anos, assim como Peleu e Laerte,[159] que lastimavam a perda de seus filhos. Se Príamo[160] não tivesse vivido tanto, não teria presenciado as desditas que se abateram sobre

155. Conforme *As metamorfoses*, XI, 102ss, de Ovídio.
156. Ver estampa 26.
157. Daqui em diante Brant segue a Sátira X de Juvenal.
158. Nestor recebeu de Apolo a dádiva de viver o equivalente a três gerações. Participou da Guerra de Troia e lá perdeu o filho, Antíloco, que se sacrificou para salvar o pai.
159. Peleu lamentava a morte de Aquiles; Laerte queixa-se por Ulisses, a quem acreditava morto.
160. Rei de Troia. Seu filho, Páris, deu origem à guerra de Troia, que levou a cidade à destruição.

sua esposa, filhos, cidade e pátria. Se Mitrídates,[161] Mário,[162] Pompeu[163] e Creso[164] não tivessem alcançado tão avançada velhice, seu fim teria sido de glória. Quem deseja formosura para si e para seus filhos, prepara o caminho para o pecado. Se a fama da beleza de Helena não tivesse chegado a Páris, ela teria ficado na Grécia;[165] se Lucrécia[166] fosse feia, não teria sido molestada; se Diná tivesse um grande papo e uma corcunda, Siquém não teria manchado sua honra.[167] Aparentemente é raro que formosura e castidade andem juntas. Em especial os janotas bem-apessoados são os que apreciam fazer toda sorte de traquinagens, de modo que não é raro que acabem suspensos na corda dos néscios. Muitos desejam casas, mulher e filhos, ou anseiam por montanhas de dinheiro, ou outras tolices semelhantes, a partir das quais Deus certamente deduz o final que lhes dará. Por isso Ele não nos dá o que pedimos, e aquilo que nos concede, logo volta a subtrair. Não são poucos os que desejam poder e rápida ascensão, esquecendo que quem sobe a grandes alturas de lá tomba muito facilmente, enquanto aquele que está prostrado no chão não precisa ter receio de cair. Deus dá-nos o que Lhe convém; Ele sabe o que é bom, o que é excessivo, o que é útil e conveniente, e também o que causa mal e é impróprio. Se Ele não nos amasse mais do que nós a nós mesmos, e se atendesse a todos os nossos desejos, nosso remorso já seria grande antes de decorrido um ano, pois a cobiça nos torna cegos, levando-nos a almejar coisas que nos

161. Quando Mitrídates IV (aprox. 132-66 a.C.), cruel Rei de Ponto, quis cometer suicídio, precisou pedir a um escravo que o matasse com uma adaga.

162. Caio Mário (aprox. 158-86 a.C.) foi um importante general romano que, após uma desavença com Lúcio Cornélio *Sula, foi obrigado a fugir para a África.*

163. Cneu Pompeu Magno (108-48 a.C.) e Marco Licínio Crasso (aprox. 115-53 a.C.) formaram com Júlio César o primeiro triunvirato, caindo mais tarde em desgraça.

164. Creso (560-546 a.C.) foi o último rei da Lídia. Famoso por suas riquezas, morreu em uma prisão persa.

165. O rapto de Helena deu motivo para a Guerra de Troia.

166. Virtuosa esposa do romano Lúcio Tarquínio Colatino, que teria sido violentada por Sexto Tarquínio e em seguida cometido suicídio. A veracidade do episodio é contestada por muitos especialistas.

167. Gênesis 34.

são destrutivas. Quem deseja viver como é adequado, que peça ao Senhor a dádiva do juízo, corpo e mente sãos, e que o resguarde do temor perante a morte, ira, voracidade e avareza. Quem consegue isto aqui na terra, tira melhor proveito de seus dias do que Hércules ou Sardanapalo,[168] não obstante todos os seus prazeres, abundância e conforto; pois ele tem tudo de que necessita, não precisando invocar a sorte ao invés de Deus. Um insensato muitas vezes pede pela própria ruína; seu desejo revela-se uma desgraça.

168. Sardanapalo, último rei da Assíria, teria levado uma vida de volúpia e excessos. Quando a capital, Nínive, sofreu a derrota final, Sardanapalo teria ordenado que escravos o queimassem juntamente com suas mulheres, cavalos e demais riquezas (626 a.C.). Esse episódio é retratado por Delacroix na famosa tela "A morte de Sardanapalo", de 1828.

Quem não estuda a verdadeira ciência, faz soar os seus próprios guizos e se conduzir pela corda dos tolos.

[27]

O ESTUDO DESNECESSÁRIO

Não pouparei tampouco os estudiosos: o prêmio do gorro dos néscios está destinado a eles de antemão. E assim que o colocarem, logo ganharão também a borla, pois ao invés de estudarem com afinco, preferem fazer patifarias. A juventude tem muito pouco apreço pela ciência, preferindo aprender por si mesma aquilo que é sem serventia e sem valor. Também os mestres desprezam a verdadeira ciência, só dando ouvidos a verbosidades imprestáveis. O dia veio antes da noite ou a noite antes do dia? Terá um homem criado o burro? Quem correu foi Sócrates ou Platão? Tal é a doutrina[169] que agora pode ser aprendida nas escolas. Não são mentecaptos e burros aqueles que passam dia e noite cuidando de tais assuntos, atormentando a si e aos outros, ao invés de darem atenção à ciência de maior valor? Por isso Orígenes[170] falou deles como as rãs e moscas que assolaram o Egito.[171] Com tais coisas exaure-se a juventude. Estivemos matriculados em Leipzig, Erfurt e Viena, Heidelberg, Mainz e Basileia e por fim voltamos envergonhados para casa. Após desperdiçarmos assim o dinheiro, resta-nos a gratidão para com a prensa e por termos aprendido a servir vinho.[172] Desse modo João torna-se Joãozinho. O dinheiro é bem empregado se colocarmos guizos[173] nas capas dos estudantes!

169. Brant ridiculariza aqui o tipo de questão tratado em livros de escolástica de sua época.
170. Famoso pensador da Igreja, que escreveu contra os sofistas (aprox. 253 d.C.).
171. Êxodo 8.
172. Estudantes malsucedidos costumavam encontrar emprego em gráficas ou ainda em fábricas de tonéis.
173. Ver estampa 27.

Se Deus fosse agir conforme nossa vontade, as coisas iriam de mal a pior, e haveria mais para se lamentar do que para agradecer.

[28]

A palavra contra Deus

Insensato é aquele que acende a fogueira para aquecer o raio do sol, ou ateia fogo em tochas para tornar clara a luz do dia. Quem censura a obra de Deus deve ser o João de Imbecilveira, pois ultrapassa a todos os tolos e dá testemunho por escrito de sua parvoíce. A graça e providência divinas são tão plenas de sabedoria que prescindem da erudição humana ou de ser ampliadas mediante louvores. Por isso, ó simplório, por que deprecias Deus? Teus conhecimentos são risíveis aos olhos de Deus. Aceita o que Ele faz conforme a Sua vontade, seja benevolência, seja castigo ou vingança; aceita a tempestade que Ele envia, e a bonança. Tua cara de enfado certamente não mudará as coisas; tua insatisfação apenas te fará sofrer, além de aumentar ainda mais o teu pecado. O melhor a fazer seria guardar silêncio! Rezamos para que seja feita a Sua vontade assim na terra como no céu, e tu, simplório, desejas censurar e ensinar-Lhe, como se Ele devesse fazer caso de ti? Deus sabe ordenar as coisas muito melhor do que tu com teus devaneios insanos. O povo judeu pode nos mostrar o quanto Deus desaprova que os homens murmurem insatisfeitos.[174] De quem Ele recebeu conselho naquela época em que do nada criou os prodígios do mundo?[175] Só quem antes já Lhe deu algo, pode vangloriar-se disso e censurar Sua obra.

174. Números 14.
175. Romanos 11, 34.

Aquele que se toma por único honrado, julgando que os demais são maus ou insignificantes, depara-se com muitas pedras no caminho.

[29]

Da soberba

Um insensato é quem se consola acreditando ser o melhor de todos e não sabe que em pouco tempo sua alma estará a caminho do inferno. Todos os parvos têm o consolo de pensar que não são os próximos a fazer a viagem. Ao ver alguém vestindo a mortalha, o tolo já tem uma justificativa de prontidão: "Ele viveu assim! Este era muito selvagem, aquele só raramente ficava satisfeito! Um fez isto, o outro aquilo; por isso Deus lhe trouxe a morte!" Julga aqueles que após a morte podem ter encontrado a graça de Deus, enquanto ele próprio vive nos maiores pecados e se volta contra Deus e seus semelhantes. Ele não teme o castigo final nem a penitência, embora saiba que deverá morrer. Onde, quando e como não lhe é dado saber até o momento em que a alma lhe saia pela boca; ele não acredita em inferno até chegar ao seu umbral. Quando seu bom-senso despertar, já estará nadando em chamas! Cada um considera que vive uma vida correta, mas Deus enxerga o fundo do coração. Muitos homens podem parecer maus, os quais, no entanto, Deus conhece e ama. E muitos dos que na terra são elogiados podem cair no inferno depois de sua morte. Insensato é aquele que ousa dizer que está limpo de quaisquer máculas do pecado; mas nenhum parvo quer ser o que é.

Quem anseia aqui por muitas prebendas, com frequência verá seus burros caindo em excrementos; grande quantidade de sacos acaba por matar o burro.

[30]

Das muitas prebendas

É tolo quem aceitou uma prebenda cujas tarefas mal consegue desempenhar sozinho, e segue carregando o burro com mais sacos até que este seja por eles sufocado. Uma sinecura adequada dá bom provento; quem toma a si uma segunda, deve agir com cautela para preservar ao menos um olho, para que este não lhe seja arrancado também. Quem ganha mais prebendas torna-se cego dos dois olhos, não tendo mais sossego, nem durante o dia e nem à noite, em busca de meios para amealhar inúmeras outras. O saco já tem o fundo rompido até chegar ao cemitério. Agora está em voga a dispensa,[176] que leva muitos a se deixarem seduzir; eles se consideram seguros, mas sua ilusão dura apenas até sortearem o onze[177] e a desgraça. Possuir várias sinecuras é o que fazem aqueles que não cuidariam bem de uma única sequer, e então compram e trocam tantas sem descanso, até ficarem em dúvida quanto ao número que possuem e quanto àquela onde fixar residência e viver tranquilamente. Essa é uma coleção inquietante, pois a morte está na panela![178] Onde prebendas são distribuídas, Simão e Geazi não estão distantes.[179] Observa: se alguém almeja diversas sinecuras, aguardará a última delas no inferno; ali encontrará uma prebenda que rende mais do que seis ausências.[180]

176. Dispensa da proibição de ter mais de uma prebenda.

177. Número considerado de azar no jogo de dados.

178. A expressão remete a 2 Reis 4, 40.

179. Em Atos 8, 18, Simão oferece dinheiro aos apóstolos para que lhe concedam o Espírito Santo. Em 2 Reis 5, 19-27, Geazi aceita pagamento pelo milagre realizado por seu senhor, Eliseu, e é castigado.

180. A presença, tempo durante o qual o titular é obrigado a permanecer em sua prebenda, sai-lhe mais cara (já que os custos de manutenção durante a estadia superam os ganhos auferidos) do que a ausência, período em que ele passa afastado dela. No inferno, ao contrário, a ausência penaliza mais do que a presença.

Quem canta "Cras, cras",[181] *como os corvos, permanecerá um tolo até a sepultura, e amanhã terá um gorro ainda maior.*

Texto na estampa: "Amanhã – Amanhã – Amanhã".

181. O termo *cras* significa "amanhã" em latim. Está sendo usado tanto para expressar a ideia da delonga quanto para representar o grasnido dos corvos sob forma de onomatopeia.

[31]

Do adiamento

Parvo é aquele a quem Deus ordenou que ainda hoje emende suas ações, renuncie ao pecado e busque melhorar sua vida, mas que não obstante refuta redimir-se de imediato. Ele prefere adiar sua regeneração para amanhã e cantar "Cras, cras!" em coro com os corvos, mesmo não sabendo se ainda estará vivo amanhã. Muitos néscios que costumavam cantar "Amanhã! Amanhã!" encontraram a perdição, Quando se trata de agir conforme o pecado e a estupidez, todos correm com sofreguidão e contentamento, mas quando se trata de agir conforme Deus e o certo, todos se arrastam com vagar e dificuldade e procuram toda sorte de adiamento. "Será melhor ir ao confessionário amanhã em vez de hoje! Amanhã sem falta aprenderemos a agir corretamente!" Assim falam muitos filhos pródigos. Mas esse amanhã nunca chega; ele foge e se desmancha como neve ao sol. Somente quando a alma já não pode mais perdurar chega aquele dia de amanhã. Então o corpo está tão assolado pela dor que não pensa na alma. Foi assim que muitos judeus pereceram no deserto; deles, nenhum alcançou a terra que Deus lhes havia prometido com mão caridosa.[182] Quem hoje não está pronto para arrepender-se, amanhã terá acumulado um número ainda maior de ofensas.[183] Quem hoje foi chamado pela voz de Deus, não sabe se ela o chamará no dia seguinte. Por isso foram condenados muitos milhares que juraram corrigir-se amanhã!

182. Números 14, 22-23.
183. Ver Ovídio: *Remedia amoris*, v.94.

Quem vigia sua mulher é como alguém que vigia os gafanhotos ao sol ou despeja água no poço.[184]

Texto na estampa: "Zela bastante".

184. Trata-se de ações inúteis ou ineficazes.

[32]

Da vigilância das mulheres

Muito tempo desperdiçado tolamente e muitos aborrecimentos tem aquele que considera ser necessário vigiar as mulheres, pois aquela que quer agir conforme o certo, assim agirá por si mesma, e aquela com maus propósitos encontrará a cada dia um caminho para realizar seus planos e intenções. Ainda que se instale um cadeado para esse fim, se tranque todos os ferrolhos das janelas, portas e portões, e se poste vários guardiões na casa, ela conseguirá o seu intento. De que serviu a torre em que estava Dânae[185] para impedir que ela concebesse um filho? Penélope[186] estava livre e desprotegida, sendo cercada por inúmeros pretendentes; seu esposo ficou longe por vinte anos, mas ela resguardou-se para ele por todo esse tempo. Haverá homem que possa dizer que nunca foi vítima da astúcia e das artimanhas das mulheres, e que tem amor e carinho pela esposa, que nunca tentou enganá-lo? Uma mulher formosa, mas insensata, assemelha-se ao cavalo com ouvido fraco: aquele que usá-lo para arar a terra fará sulcos sempre tortos. À mulher de boa conduta cabe: manter os olhos no chão, não aceitar galanteios nem distribuir sorrisos a qualquer um, não dar ouvidos aos boatos que correm de boca em boca. Há alcoviteiras de sobra vestindo peles de cordeiro. Se Helena não tivesse escrito a Páris, e Dido não tivesse enviado recados pela irmã, Ana, nenhuma delas teria companhia de homem estrangeiro.[187]

185. Acrísio, rei de Argos e pai de Dânae, prendeu-a numa torre porque foi predito que seu filho mataria o avô. Assumindo a forma de chuva de ouro, Júpiter fecundou Dânae e ela deu à luz o herói Perseu, que mais tarde cortou a cabeça de Medusa (cujos cabelos eram serpentes) e salvou Andrômeda de um monstro marinho. Durante jogos atléticos na Tessália, o disco arremessado por Perseu matou, por acidente, um expectador que era justamente seu avô, Acrísio.

186. Esposa de Ulisses, o qual demorou vinte anos para retornar da Guerra de Troia e que foi dado como morto. Pressionada pelos pretendentes, Penélope comprometeu-se a tomar novo esposo após terminar de tecer uma mortalha para Laertes, pai de Ulisses. Para ganhar tempo, tecia durante o dia e à noite desmanchava o que havia feito.

187. Ver as cartas fingidas em Ovídio, *Heroidas*, episódios XVI-XVII e VII, respectivamente.

Se alguém pode ver através dos dedos e deixa sua esposa para outro homem, então o gato está sorrindo amavelmente para os ratos.

[33]

Do adultério

O adultério é visto como coisa diminuta, como reles pedrinha atirada por alguém. Não há mais ninguém que obedeça à proibição de Júlio César[188] ou que receie castigo ou repreensão, e assim os esposos quebram igualmente panelas e jarros:[189] "Tu silencias sobre mim, eu silencio sobre ti!" e "Eu coço as tuas costas, tu coças as minhas!" É possível ocultar os olhos atrás das mãos e continuar vendo,[190] e estar acordado apesar de roncar. Agora é possível suportar a desonra da mulher, sem que ela sofra castigo ou vingança. Aqui nestas terras os homens têm estômago forte, podendo digerir muitos ultrajes e fazer conforme o exemplo de Cato,[191] que cedeu a esposa para Hortêncio. Poucos são os que agora sofrem agonia ou pesar por causa de adultério, ao contrário do que outrora fizeram os Átridas, que puniram com severidade a desonra de suas mulheres,[192] ou ainda como agiu Colatino quando Lucrécia foi ultrajada.[193] Por isso, o adultério agora é tão comum, que Clodius[194] pode defecar em todas as ruas e caminhos. Se agora se quisessem açoitar os adúlteros, flagelando-os como se fez a Salústio,[195] não seriam poucos os que acabariam fustigados. Se houvesse uma pena contra o adultério, como a que atingiu

188. Brant refere-se à *Lex Julia de Adulterio*, promulgada por Augusto.
189. Marido e mulher cometem adultério.
190. Ver estampa 33.
191. Marco Pórcio Cato, o Jovem (95-46 a.C.) foi um político romano, famoso pela integridade de caráter. Sua esposa, Márcia, mãe de três filhos, divorciou-se dele para casar-se com Hortêncio. Seis anos mais tarde, após a morte deste último, foi recebida de volta por Cato.
192. Os filhos de Atreu - Agamemnon e Menelau - são chamados de Átridas. Quando Helena, esposa de Menelau, foi raptada por Páris, o marido convocou os gregos a lutarem contra Troia, que terminou destruída. Agamemnon foi traído por Clitemnestra e assassinado pelo rival, Egisto. Sua morte foi vingada pelo filho, Orestes.
193. Ver nota 166.
194. Conforme Juvenal, Sátira VI, Clodius foi um famoso adúltero de Roma.
195. Caio Salústio Crispo (86-34 a.C.), historiador e político romano, foi chicoteado por cometer adultério.

Abimeleque[196] e os filhos de Benjamim,[197] ou resultasse um benefício como aquele de Davi com Bate-Seba,[198] muitos não trairiam seus votos de matrimônio. Quem tolera que sua esposa seja adúltera e permanece com ela sob o mesmo teto, tendo pleno conhecimento do que se passa, não merece, a meu ver, ser chamado de sensato. Pois dessa maneira ele lhe dá oportunidade de cair ainda mais; a isso os vizinhos juntam o falatório de que ambos estão no mesmo barco e compartilham tudo: aquilo que ela pilhou também é pilhagem dele. Diz a mulher: "Meu bom João, é a ti que mais quero bem!" O gato aprecia perseguir os ratos depois de ter experimentado o gosto deles. A mulher que provou muitos homens torna-se tão torpe e descuidada que já não atende mais à honra e à dignidade, mas apenas a seus próprios caprichos. Cada qual deveria viver de maneira a não dar motivo de descontentamento para sua esposa: mantendo-a amiga, afetuosa e bonita; não dando ouvidos a cada toque de sinos;[199] e não gritando com ela a todo momento. Ao invés de acreditar na difamação, olha para o difamador. E aceita este meu conselho: não traga para casa um sem número de hóspedes! Precisa tomar especial cuidado aquele que tem uma esposa bela e vistosa; a prudência manda ficar alerta, pois o mundo está repleto de falsidades e traições. Menelau teria conservado a esposa se não tivesse dado as boas-vindas a Páris; se Agamemnon não tivesse recebido Egisto e lhe confiado esposa, reino e bens, sua vida não teria perdido; e Candaules foi tamanho imbecil, que revelou a nudez de sua esposa a um estranho.[200] Quem não deseja desfrutar sozinho de suas alegrias, merece que elas sejam repartidas. Por esse motivo, o melhor é quando os esposos preferem não receber

196. Gênesis 20, 18.

197. Juízes 20.

198. 1 Samuel 11-12.

199. Não acreditando em mexericos.

200. Heródoto e Platão contam a história do rei Candaules, que perdeu a esposa e a vida depois de mostrá-la a Giges. Mais tarde o tema foi retomado por Friedrich Hebbel em *Giges e seu anel* (1856), peça disponível em tradução brasileira na edição: HEBBEL, Friedrich. *Tragédias: Judite, Giges e seu anel, Os nibelungos*. Tradução de Carlos Alberto Nunes. São Paulo: Melhoramentos, 1964.

hóspedes, principalmente aqueles que não são confiáveis. O mundo tem fartura de ciladas e hipocrisia! Quem é tomado de suspeitas logo acredita ver realizado aquilo que temia, conforme se deu com Jacó ao ver a túnica ensanguentada;[201] Assuero pensou que Hamã pretendia desonrar Ester, mas ele estava apenas suplicando pela própria vida;[202] Abraão temia por Sara quando estavam a caminho de Gerar.[203] É melhor guardar cuidadosamente a casa do que chocar ovos alheios. Quem muito sai a voar pelo bosque tem o mesmo destino do rouxinol.[204] Se eles trazem carvões em brasa no regaço, têm serpentes aninhadas no peito e carregam ratos nos bolsos, tais hóspedes não são de proveito a nenhuma casa.

201. Gênesis 37, 31-36.
202. Ester 7, 6-10.
203. Gênesis 20, 2.
204. Várias espécies, entre elas o rouxinol, são parasitadas pelo cuco, que põe seus ovos em ninho alheio, desobrigando-se assim de cuidar da prole. Logo depois de sair do ovo, o filhote do cuco empurra para fora do ninho os ovos do casal hospedeiro, passando a usufruir dos exclusivos cuidados dos pais adotivos.

A muitos agrada pensar que são sábios, embora continuem estúpidos como um ganso,[205] *não desejando adquirir bom-senso nem educação.*

205. Ver nota 103.

[34]

Dos néscios incorrigíveis

Um tolo é aquele que ouve muitas coisas boas, mas não aumenta com elas sua sabedoria; que deseja ter muitas experiências, mas não as emprega para aprimorar-se; que deseja ter tudo o que vê, e assim torna bem visível que é um palerma. Todos os insensatos sofrem do mesmo mal: tudo o que é novo lhes agrada, mas logo perdem o interesse e passam a querer outra coisa. Um néscio é aquele que viaja por muitas terras, mas não adquire nem ciência nem virtude; aquele que sai de casa tolo como um ganso e retorna como um cuco.[206] Não importa que alguém tenha estado em Pavia, Roma, Jerusalém, mas que tenha aprendido algo e que tenha adquirido bom-senso, conhecimentos de ciência e sabedoria; isso sim é o que eu chamo de boa viagem. Ainda que teu chapéu estivesse carregado de cruzes[207] e tu pudesses defecar primorosas pérolas, para mim não importariam simplesmente as muitas terras que visitaste e conheceste, mas a estupidez bovina com que retornaste. Quem viaja não merece honras especiais, a menos que tenha ampliado sua sabedoria. Se Moisés[208] não tivesse adquirido saber no Egito, assim como Daniel[209] quando esteve na Caldeia, eles não seriam reverenciados hoje. Muitos chegam cobertos de pó para a confissão, esperando sair limpos e serenos,[210] mas quando voltam para casa continuam manchados e com a roda do moinho em torno do pescoço.[211]

206. Ver nota 45.
207. Os peregrinos costumavam trazer de cada santuário uma cruz, que prendiam no chapéu.
208. Atos 7, 22.
209. Daniel 1, 17-20.
210. Livres do peso dos pecados.
211. Ver Mateus 18, 6.

Quem costuma enterrar as esporas no lombo do burro,
acaba amiúde escorregando até suas orelhas;
encolerizar-se com facilidade cai bem a um paspalho.

[35]

Do encolerizar-se facilmente

Aprecia montar no burro o tolo que é tomado pela cólera por qualquer bagatela, rosna para todos os lados como um cão, nunca diz uma palavra amável, não conhece outro som além do *grrrr*, e acredita que todos devam temê-lo bastante porque sempre fica enfurecido quando quer.[212] Gente boa diz então: "Esse tolo está sendo dilacerado por sua própria raiva! A desgraça é sua parvoíce! E pensa que nunca vimos outro imbecil além de João Orelha-de-Burro!" As brasas da fúria queimam a sabedoria, de modo que o insensato não sabe o que está fazendo. Arquitas[213] disse a um servo, quando este lhe causou prejuízo: "Eu não haveria de dar-te semelhante recompensa se não estivesse cheio de ira!" Assim também ocorreu a Platão, mas Sócrates nunca deu quaisquer mostras de furor. Aqueles que a cólera rapidamente torna impacientes logo mergulham no pecado e na culpa. A paciência suaviza as adversidades, a língua mansa abranda a rudeza, as virtudes apaziguam a impaciência; o encolerizado não reza. Em todas as circunstâncias, afasta de ti a ira apressada, pois a cólera mora no espírito do insensato. É bem mais fácil pacificar a fúria da ursa que perdeu seus filhotes[214] do que suportar um tolo enraivecido, que toma sua imbecilidade por valiosa prenda. Ao sábio cabe o comedimento; resta ao néscio a cavalgada em um burro!

212. Ele se entrega por completo ao furor, nunca fazendo esforço para controlar-se.

213. O grego *Arquitas* de *Tarento* (428-347 a.C.) foi filósofo, político e matemático pitagórico.

214. Provérbios 17, 12.

Quem teima em voar nas asas do próprio capricho e gosta de subir até o ninho dos pássaros, não raro vai parar no chão.

[36]

Da obstinação

Quem acredita que não necessita de ninguém arranha a si mesmo com espinhos agudos; quem pensa ter esperteza tamanha que poderá resolver todas as coisas sozinho, muitas vezes toma o caminho equivocado, perdendo-se em descampados de onde não é fácil descobrir a direção de casa. Ai daquele que cai e está só! Em hereges converteram-se muitos daqueles que não aceitaram a correção pelos bons ensinamentos, preferindo confiar em sua própria ciência para conquistar fama e obséquios. Muitos néscios caíram de grande altura porque subiram até os ninhos de pássaros, procurando caminhos onde não os havia. Sem escada, muitos acabaram despencando de volta ao chão. A altivez leva muitos a se estatelarem; a presunção já fez muitos navios afundarem; aqueles que não aceitam receber lições nunca alcançam honra e benefícios. Ninguém deu ouvido a Noé, até que submergiram homens e animálias;[215] Coré quis fazer o que não era certo e morreu junto com seu povo.[216] O animal solitário é voraz.[217] Quem quer confiar na própria cabeça, por vezes dispõe-se a desfazer a túnica que não tem costuras.[218] Quem espera escapar da nau dos insensatos há de fechar os ouvidos com cera, como fez Ulisses para resguardar seu barco no mar, quando avistou o exército de sereias. Esse sábio estratagema salvou-o e pôs um fim à soberba delas.

215. 2 Pedro 2, 5.

216. Números 16.

217. Salmos 80, 14 da *Vulgata ferus singularis*.

218. A túnica de Cristo é destituída de costuras, representando a unidade da Igreja.

Quem está na Roda da Fortuna há que estar preparado para a queda[219] *e contar com prejuízos.*

219. Quando a roda gira, o movimento faz a pessoa cair.

[37]

Do revés da sorte

Tolo é aquele que sobe bem alto, deixando bem expostas sua desonra e ignomínia, e busca um grau cada vez mais elevado, sem pensar na Roda da Fortuna. Cada coisa que chega ao pico cai por si mesma ao chão.[220] Aqui no mundo, nenhum homem pode subir muito tendo certeza do dia seguinte e podendo garantir que a sorte lhe será favorável, pois a roda de Cloto[221] nunca está imóvel. A ninguém o poder e as riquezas puderam salvar um instante sequer da morte. Quem tem poder também tem medo e dificuldades, e de muitos foi tirada a vida com violência por causa do poder que detinham. Não pode ser mantido por muito tempo o comando que precisa ser defendido à força. O senhor que não conta com o amor e simpatia de seus governados vê-se às voltas com múltiplas angústias e poucas alegrias. Deve ter grande temor aquele que deseja ser bastante temido. O temor, no entanto, é um servo maldoso que não provê segurança por muito tempo. Quem tem poder deve aprender a amar a Deus e a venerá-Lo com gratidão. Quem governa com justiça exerce o poder com tranquilidade; empregou bem seu poder aquele cujo falecimento cobre a todos de luto. Ai daquele regente de quem falam após sua morte: "Graças a Deus!" Se alguém lança uma pedra para o alto, esta cairá sobre sua cabeça e lhe produzirá grande dor.[222] E quem confia em sua boa sorte, pode cair a qualquer momento.

220. Trata-se aqui de provérbio com várias correspondentes em português: "Quem a alto sobe de alto cai", "Aprendes a cair antes de aprenderes a voar", "Quem depressa sobe depressa cai".

221. Na mitologia grega, as três moiras ou parcas determinavam o destino tanto dos homens quanto dos deuses. Cloto é a fiandeira do fio da vida; Láquesis enrola o fio determinando o seu comprimento; Átropo corta-o quando chega o momento final.

222. Eclesiástico 27, 28.

Quem está acamado, com a vida correndo perigo, e não segue as prescrições do médico, que arque com as merecidas consequências.

[38]

Dos enfermos insubordinados

Insensato é aquele que na enfermidade não aceita as prescrições do médico, que não submete sua vida à dieta[223] conforme ordenado, que em lugar de vinho toma água e outras coisas que não lhe convêm, e que se entrega ao prazer até ser carregado à sepultura. Quem deseja livrar-se logo da doença deve defender-se contra seu início,[224] pois o remédio precisa agir longamente depois que a doença ganhou força. Quem deseja voltar a ter saúde, em breve há que mostrar bem a chaga ao médico, resignar-se a que ela seja aberta e furada com a sonda, permitir que a lavem, suturem e fechem com curativo. Ainda que isso traga grandes ranhuras para sua pele, ao menos permitirá que conserve a vida e que sua alma não lhe seja arrebatada. Por isso, um bom médico não recua, mesmo que o paciente já esteja no leito de morte. O enfermo deverá tolerar o tratamento de bom grado, na esperança de em breve sentir-se recuperado. Quem mente ao médico durante a doença, na confissão ludibria o sacerdote e diz coisas falsas ao advogado quando este vai aconselhá-lo, apenas frauda a si mesmo. Néscio é quem busca o auxílio do médico e depois não acolhe suas indicações, preferindo obedecer a conselhos de velhas. Quem diante da morte busca as bênçãos feitas com amuletos, inscrições mágicas e raízes fabulosas,[225] precipita-se rumo ao inferno. Abundam agora as superstições que prometem alívio e cura; são tantas, que a compilação formaria um grosso volume de heresias. O enfermo anseia por saúde e por toda

223. Dieta, para os antigos gregos (e para os homens da Idade Média), era um modo de vida associado ao equilíbrio do corpo e da mente, e dos quatro elementos. Assim, a boa dieta ligava-se às condições de luz e ar, comida e bebida (alimentação suficiente, que na época correspondia a duas refeições diárias ao invés de uma), movimento (ou trabalho) e descanso, sono e vigilância, eliminação de fezes (o funcionamento do intestino era visto como decorrente da alimentação nutritiva e em quantidade adequada) e excreções em geral (muco, sêmen, etc.), assim como os estados de espírito e a saúde mental. Hipócrates (460-370 a.C.) escreveu importante tratado com descrições e instruções detalhadas sobre o assunto.

224. Cf. Ovídio, *Remedia Amoris*, v. 91s e 115s.

225. Trata-se de raízes que somente podem ser encontradas à luz da lua.

parte busca auxílio; alguns até invocam o diabo para livrar-se da doença, mas se ele vier a acudi-los, bem caro será o preço mais tarde cobrado. O néscio ganha fama de completo palerma quando busca cura longe de Deus e, sem ter sabedoria, deseja aparentar ser douto e inteligente. Ao invés de saudável, é fraco e doente; em vez de sensato, é vil e ignorante; sua enfermidade é permanente e sua estupidez e cegueira completas. A doença decorre frequentemente do pecado, pois o pecado traz consigo grandes males. Por isso, quem quer ter saúde, deve manter os olhos voltados para Deus e procurar o confessionário antes de tomar o remédio; que primeiro cure a alma e só depois corra ao médico. Hoje muitos tolos dizem: "Quem dá vigor ao corpo também dá vigor à alma!" E por fim sucederá que nem corpo nem alma terão vigor; a enfermidade será eterna para quem quer a todo custo evitar a moléstia terrena. Se muitos daqueles que estão putrefatos e mortos há longo tempo tivessem procurado por Deus e conquistado Sua graça, ao invés de buscarem primeiro a ciência dos médicos e contarem com uma vida sem Sua mercê, não morreriam com prejuízo da alma. Se Macabeu[226] tivesse seguido o conselho que recebeu e confiado em Deus, ao invés de seguir os romanos, ainda teria vivido por muitos anos. Ezequias[227] teria perecido se não tivesse retornado a Deus e assim conseguido que a vontade divina o levasse a viver por mais tempo. Sem a conversão de Manassés,[228] Deus nunca o teria atendido. Deus disse ao enfermo que há muitos anos estava imobilizado: "Vai! Mantenha-te puro e não sejas um tolo para que coisas piores não te sucedam."[229] Há muitos que caem doentes e então fazem muitas promessas sobre o quanto farão para emendar suas vidas. Deles pode-se afirmar: "O doente sarou e ficou pior do que antes!" Quem pensa iludir a Deus não tardará a ser assolado por pragas muito mais terríveis!

226. 1 Macabeus 8-9. Contudo, ao contrário do que diz Brant, a morte de Judas Macabeu não decorre de sua aliança com os romanos.
227. 2 Reis 20, 1-7.
228. 2 Crônicas 33, 12-13.
229. Referência a Mateus 9, 2.

Quem proclama seus intentos a plenos pulmões e coloca sua armadilha à vista de todos, dá oportunidade de fuga para suas presas.

[39]

Das intenções declaradas

Simplório é quem quer caçar pardais e estende a rede abertamente,[230] pois é fácil um pássaro fugir quando vê a armadilha bem a sua frente. De quem só faz ameaças dia após dia, ninguém receia que de fato vá dar o golpe que anuncia. Se alguém espalha suas intenções aos quatro ventos, dele não há quem não se proteja. Se Nicanor[231] não tivesse alterado seu comportamento, Judas de nada suspeitaria e não poderia terse protegido em tempo. É um sábio aos meus olhos quem tem um plano e é o único a conhecê-lo, sobretudo quando está envolvida a sua salvação. Hoje todos têm ouvidos atentos, e são polidos pela frente e aguerridos por trás. Não é prudente quem não sabe guardar para si o que pretende, pois planos néscios, concupiscência, cidade construída no alto do morro e palha enfiada nos sapatos são coisas tão evidentes que não há como ocultá-las.[232] Um pobre sabe guardar um segredo; os assuntos dos ricos espalham-se com rapidez, pois são levados por criados desleais e comentados sem qualquer discrição. Qualquer coisa sai facilmente por meio dos que convivem com os da casa. As maiores perdas sofremos devido aos que nos cercam; aqueles de quem as pessoas não se protegem acabam tirando a vida e os bens de muitos.

230. Provérbios 1, 17.
231. 2 Macabeus 14, 30.
232. Alusão a um provérbio latino e Mateus 5, 14.

Quem vê um tolo estatelando-se e não fica de sobreaviso, agarra um néscio pela barba.[233]

233. Ele agarra a si próprio.

[40]

Em companhia de néscios

Todos os dias, palermas são vistos caindo ao chão e recebendo zombarias. Eles são desprezados pelos argutos, que frequentemente usam na própria cabeça o gorro dos tolos. Um parvo recrimina outro parvo, mas segue com sua carroça pelo mesmo caminho, chocando-se a qualquer momento onde justamente outro tolo acabou de cair. Hipômenes[234] presenciou muitos néscios sendo decapitados, mas quis arriscar-se, colocando sua vida em perigo, e por pouco não perdeu tudo. Um cego chama outro de cego, muito embora ambos tenham ido ao chão;[235] um caranguejo critica o outro por ter andado para trás, mas nenhum dos dois avançou adiante e um seguiu o outro para trás.[236] Ao padrasto é comum seguirem aqueles que não querem seguir o pai. Não tivesse Faetonte[237] subido à carruagem e Ícaro[238] desejado voar, tivessem ambos ouvido o conselho paterno, os dois seriam poupados da morte e do sofrimento. Os seguidores de Jeroboão[239] nunca conquistaram a graça de Deus, mas apenas vingança e calamidades. Quem vê um tolo estatelando-se deve ter cuidado e buscar arrimo; esse será um sábio, pois aprendeu com o erro do insensato. A raposa não quis entrar na caverna, pois dela não vira retornar nenhum animal.[240]

234. Ovídio (*As metamorfoses*, X) relata sobre Hipômenes, que competiu com Atalanta para ganhar sua mão, embora os pretendentes anteriores, derrotados, tenham sido condenados à morte.

235. Comparar com Mateus 15, 14; e Lucas 6, 39.

236. Baseado na fábula "Os dois caranguejos", de Esopo, em que a mãe-caranguejo insiste para que o filho ande para frente, mas como ela não consegue dar-lhe o exemplo, ambos continuam a andar como faziam antes.

237. Filho do Sol (deus Hélio), que pediu ao pai para dirigir a carruagem solar; não podendo governar os cavalos, foi fulminado por Júpiter.

238. Ele e seu pai, Dédalo, planejavam fugir do Labirinto, onde estavam presos. Ícaro saiu voando com asas feitas de cera, mas foi imprudente e aproximou-se demais do sol. Elas então se derreteram e ele despencou no mar.

239. 1 Reis 13, 33 e 1 Reis 14, 10-16.

240. Baseado na fábula "O leão doente", de Esopo, em que se espalha a notícia de que o rei dos animais está doente. A raposa vai visitá-lo, assim como os outros animais, mas ela percebe que se trata de um estratagema e não entra na caverna.

Um sino sem badalo é mudo, mesmo que ali esteja pendurada uma cauda de raposa; nem todas as palavras trazem recompensa ao ouvido.

[41]

Não dar atenção a todas as conversas

Quem deseja estar de bem com o mundo, deve passar por maus bocados hoje em dia, pois vê e ouve muitas coisas inconvenientes diante de sua porta. Por isso é grande a recompensa daqueles que se apartaram do mundo,[241] indo para montanhas e vales a fim de impedir que este os levasse à queda e ao pecado. E mesmo lá não estão a salvo de ser atingidos pelo mundo, que no entanto não os receberia junto a si. Aqueles que têm no coração o desejo de agir corretamente não devem dar ouvidos àquilo que qualquer um fala. Que se mantenham firmes em seus princípios e não prestem atenção às flautas tocadas pelos insensatos. Se os profetas e sábios tivessem dado importância aos falatórios em seus dias e se abstraído de proferir a verdade, agora estariam há muito arrependidos. Não há na terra um homem com poder de agradar a todos os imbecis; para conseguir servir adequadamente a todos, ele teria que ser alguém extraordinário, capaz de levantar-se antes do amanhecer e raramente voltar a dormir outra vez. É preciso ter mais farinha do que o suficiente para vedar a boca de todos, pois não está em nosso poder o que cada néscio palreia, tagarela e papagueia. O mundo tem que fazer o que é possível, e já fez bastante antes de muitos. Um cuco canta "Cu-co" com persistência, assim como cada passarinho o seu canto.

241. Eremitas e monges.

Poderíamos passar muito bem sem os néscios, que sempre querem atirar pedras e se mantêm longe do temor e da sabedoria.

[42]

Das zombarias

Vós, insensatos, quereis então aprender comigo o princípio da sabedoria, o temor ao Senhor?[242] Toda a sabedoria dos santos encontra-se no caminho da prudência. Por meio da sabedoria o homem encontra honras, por meio dela se aumentam os dias e anos. Um sábio é profícuo para a comunidade; um tolo carrega seu bordão sozinho: ele se considera sábio como Deus e caçoa de todos os sábios. Atrai sobre si a galhofa aquele que se propõe a dar ensinamentos a um galhofeiro; quem pretende corrigir um mal-intencionado acaba costurando um trapo na própria roupa. Repreende um sábio e ele te ouvirá com atenção e estará ansioso por aprender ainda mais de ti; adverte um homem justo e ele aceitará de bom grado a advertência. O injusto afronta a muitos e não obstante é afrontado com frequência. O ladino é escarnecedor e muitos são os seus defeitos. Se o zombador é jogado para fora da porta, com ele sai toda a mofa, assim como os desentendimentos e insultos.[243] Se Davi não tivesse poupado a si mesmo, Nabal teria sido premiado por sua troça.[244] Sambalá[245] arrependeu-se de haver caçoado quando viu os muros de Jerusalém reconstruídos. Ursos castigaram os meninos que chamaram o profeta de calvo.[246] Simei[247] chama a muitos de filhos, que têm prazer em atirar pedras e excrementos.

242. Daqui em diante Brant segue Provérbios 9, 10ss.
243. Ver Provérbios 20, 10.
244. 1 Samuel 25.
245. Neemias 4, 1-7.
246. 2 Reis 23-24. Trata-se do profeta Eliseu.
247. 2 Samuel 16, 5-7.

Apenas observo as coisas temporais e não me importo com as eternas porque um símio me criou.

[43]

Desprezo pela alegria eterna

Parvo é quem se vangloria de haver deixado o reino dos céus para Deus, preferindo viver na paspalhice até o dia do Juízo Final, e ser amigo das diversões e alegrias até o dia em que Deus decidirá sobre seu destino derradeiro. Ai, néscio, se houvesse sobre a terra uma satisfação capaz de durar um dia e uma noite sem ser interrompida por infortúnios que te amargurariam, mesmo assim eu pensaria cá comigo que tu desejas algo precário, insignificante e diminuto. Afinal, é insensato quem tem o desejo de viver por muito tempo aqui nesse vale de lágrimas, onde por toda parte há apenas efêmeras alegrias e prolongados sofrimentos. É preciso lembrar que por aqui não existe nenhuma vida interminável e que todos nós seremos enviados deste mundo para um outro, desconhecido. Muitos já foram à frente, a morte nos chama, e um dia estaremos diante de Deus, seja para o júbilo, seja para o tormento. Por isso, digas tu, tola ovelha, se há maior néscio sobre a terra do que aquele que junto contigo anseia por tais coisas. Desejas apartar-te de Deus e irás apartar-te por toda a eternidade. Agrada-te uma gotinha de mel, e lá não faltarão tonéis de fel; um instante é o que duram os prazeres aqui, e lá haverá eterna alegria - ou castigo. Por isso, quem diz tais palavras ímpias, fracassará em seus propósitos aqui e lá.

Quem leva pássaros e cachorros à igreja, perturbando os outros em suas orações, agrada apenas aos imbecis.

[44]

Algazarra na igreja

Não é necessário perguntar quem são os donos dos cães que fazem alarido na igreja durante a missa, pregação e cantos, ou de quem são os falcões que batem as asas e cujos sinos[248] soam tão alto que não se pode nem rezar e nem cantar. Que se cubram com carapuças as gralhas[249] para acabar com sua tagarelice e alvoroço! Ao contrário, todos querem fofocar sobre tudo, fazer clique-clique com os sapatos de madeira,[250] e fazer todo tipo de traquinadas. O que se quer é ver onde está sentada a senhora Kriemhild, para onde ela está olhando ou que macaquices está fazendo. Se enquanto estivessem na igreja todos deixassem o cachorro em casa para impedir que algo de lá seja roubado, se deixassem o papagaio em seu poleiro,[251] se usassem os sapatos de madeira na rua, ainda que possam manchar-se com um nadinha de sujeira,[252] então não perturbariam os ouvidos de todo mundo e talvez não percebêssemos quem são os atoleimados. Mas a natureza humana gosta de se exibir e os néscios preferem não ocultar sua estupidez. Cristo deu-nos o exemplo. Encolerizado, expulsou do templo com uma correia os cambistas e os vendedores de pombos.[253] Se Ele expulsasse os que hoje pecam abertamente na igreja, quão poucos haveriam de ainda restar lá dentro? Amiúde seria expulso o próprio padre e também o sacristão! A igreja é a casa consagrada a Deus e deve ser respeitada como local santificado.

248. Era costume pendurar um pequeno sino nos falcões e cobrir-lhes a cabeça com o caparão (carapuça de couro) para deixá-los mais calmos.
249. Os falcões são aqui tratados pejorativamente como gralhas, porque esta última é ave tida como muito barulhenta.
250. Conforme se vê na estampa 44, trata-se de solas de madeira que costumavam ser afixadas aos sapatos.
251. Referência pejorativa aos falcões.
252. Trata-se de ironia contra aqueles com medo de sujar os sapatos na rua.
253. Mateus 21, 12-13.

Se alguém de livre vontade entra no fogo ou por si mesmo pula no poço, merece morrer afogado.

Texto na estampa: "É merecido".

[45]

Da desgraça voluntária

O insensato reza continuamente e pensa estar orando com devoção; dirige-se a Deus aos prantos, rogando que o tire de sua pele de néscio e, não obstante, não aceita ficar sem a capa. Ele mesmo a veste todos os dias, mas pensa que Deus não atende suas preces. E assim ele próprio não sabe o que está dizendo. Quem salta corajosamente para dentro do poço e então começa a gritar para que lhe tragam uma corda, pois teme morrer afogado, faz seu vizinho afirmar: "Isto é merecido. Ele pulou por si mesmo, mas poderia ter ficado longe do perigo!" Empédocles[254] foi acometido de insensatez e pulou espontaneamente nas brasas no Etna. Se alguém o tivesse salvo, teria sido injusto e lhe provocado maior sofrimento, pois ele havia se tornado tão grande néscio que voltaria a tentar jogar-se. Da mesma forma agem aqueles que acreditam que a voz de Deus deveria puxá-los com força para junto de Si, conceder-lhes a graça e muitas alegrias, e não obstante não aceitam tais dádivas. Muitos tornam mais curtos os seus dias de vida porque Deus não suporta mais ouvi-los e não lhes concede a graça porque não pedem nada de proveitoso. Quem reza e não sabe o que está rezando, sopra para o vento e desfere pancadas na sombra.[255] Muitos suplicam a Deus aquilo que só lhes traria padecimento e ruína. Quem vive pleno de preocupações há de arcar com os merecidos danos.

254. Empédocles (aprox. 483-430 a.C.), filósofo grego que também atuou como médico e profeta. Conta-se que ele se suicidou, atirando-se no Etna. Provavelmente a fonte é Horácio, *Arte poética*, v. 458-469.

255. Eclesiástico 34, 2.

A insensatez tem uma imensa tenda que pode acobertar o mundo inteiro, principalmente os que têm poder e muito dinheiro.[256]

256. Esta estampa mostra a Insensatez acolhendo seus seguidores em uma tenda, tal como um general se faz cercar por seus soldados na tenda de campanha antes de seguirem para a batalha.

[46]

Dos néscios no poder

É inevitável que haja grande quantidade de tolos, pois muitos não enxergam a si mesmos e insistem em ser sábios, embora todo mundo veja claramente as suas asneiras. Contudo, ninguém ousa dizer-lhes "Que tolice é essa que estás fazendo?" E quando eles se dedicam à grande sabedoria, então é apenas a sabedoria dos cucos. Se ninguém os elogia, eles fazem muitos e frequentes elogios a si próprios, embora seja evidente para o homem sábio que o elogio vindo da própria boca é podre e imprestável. Quem confia em si mesmo é um insensato e paspalho imprudente; o sábio, ao contrário, sempre é merecedor de recompensas.[257] Abençoada é a terra cujo senhor tem como guia a estrela da sabedoria, cujo conselho se senta à mesa na hora certa e o qual não é dominado nem pela cobiça nem pela lascívia.[258] Ai da terra que recebe um senhor ainda criança, cujos nobres já se banqueteiam desde a manhã e não reverenciam os frutos da sabedoria![259] Contudo, em qualquer momento, uma criança pobre, mas sensata, é dez vezes melhor do que um rei idoso e néscio que não se preveniu para os anos vindouros.[260] Ai dos justos quando os tolos sobem às alturas do poder; mas quando os tolos fenecem, os justos perduram.[261] O que dignifica um Estado é ter um justo como senhor, pois quando um néscio reina, logo consegue seduzir outros para que sigam pelo mesmo caminho.[262] Não agem com retidão aqueles que julgam conforme a amizade ou a aparência, ou que colocam em risco a verdade e a justiça em troca de um bocado de pão.[263] A sentença justa é adequada ao sábio, pois um juiz não deve ser parcial.[264] O tribunal pode ter olhos para os amigos, mas ainda há muitos juízes

257. Provérbios 28, 26.
258. Eclesiastes 10, 17.
259. Eclesiastes 10, 16.
260. Eclesiastes 4, 13.
261. Provérbios 28, 28.
262. Provérbios 18, 12 da *Vulgata*.
263. Provérbios 28, 21.
264. Provérbios 24, 23.

de Susana,[265] vaidosos e cruéis. A justiça, ao contrário, é fria. As duas espadas[266] estão enferrujadas e não querem sair da bainha; elas não cortam onde é necessário: a justiça está cega e morta! Agora todos cantam a melodia do dinheiro; Jugurta,[267] ao partir de Roma, afirmou: "Oh, cidade corrompida e venal, se surgisse um comprador, logo receberias o xeque-mate!" Há tanto cidades grandes quanto pequenas onde as pessoas aceitam suborno alegremente e se dedicam a procedimentos ilícitos. A amizade, acompanhada de tostões, é avessa à verdade, como Moisés ensinou a seu sogro, Jetro.[268] Inveja, dinheiro, amizade, poder e favores aniquilam o direito, os atestados e o conhecimento. Outrora os fidalgos eram sábios e os conselheiros experientes, doutos e anciãos. Tudo corria bem em todos os lugares; o pecado e a torpeza eram castigados, e a paz reinava no mundo inteiro. Agora a insensatez ergueu sua tenda de campanha e está preparada para o combate. Ela forçou os nobres e seus exércitos a abandonarem por completo o bom-senso e a buscarem unicamente o benefício próprio, escolhendo conselheiros inaptos. Por isso, tudo vai lamentavelmente mal e o futuro será ainda pior: a estupidez é maior quando o poder é grande. Com a graça de Deus, longo teria sido o reinado de muitos príncipes se eles não cedessem à sedução, tornando-se injustos e sem clemência pela incitação de conselheiros e servos mal-intencionados, que ainda tomam para si doações, mimos e pagamento. Que deles os príncipes mantenham distância! Quem aceita presentes não é livre; a dádiva gera perfídia, conforme sucedeu a Eglom pela mão de Eúde,[269] e a Sansão, traído por Dalila.[270] Andrônico aceitou vasos de

265. Em Daniel 13, Susana é condenada por juízes vingativos. Ver nota 28.
266. Símbolos do poder do Papa (poder espiritual) e do Imperador (poder terreno).
267. Jugurta (160-104 a.C.) assassinou seu primo, Hiempsal, com quem dividia o poder na Numídia. O Senado de Roma declarou-lhe guerra, mas Jugurta sempre conseguia subornar oficiais romanos e, com isso, obter vantagens no conflito. Segundo a versão de Salústio, em *Bellum Iugurthinum* [*Guerra de Jugurta*], Jugurta disse que o destino de Roma estaria selado se surgisse um comprador para ela.
268. Êxodo 18, 21-22.
269. Juízes 3, 15-22.
270. Juízes 16.

ouro, o que custou a vida de Onias;[271] a aliança de Ben-Hadad[272] foi rompida à vista dos presentes que recebeu. Com donativos, Trifon ganhou a confiança de Jônatas e este tornou-se um parvo cego.[273]

271. 2 Macabeus 4, 32-34.
272. 1 Reis 15, 18-20. Ben-Hadad tinha firmado com o rei Baasa, de Israel, uma aliança que rompeu ao receber dádivas de ouro e prata de Asa.
273. 1 Macabeus 12, 42.

O néscio insiste aqui em sua tolice, preferindo puxar a pesada carroça; lá a verdadeira carreta o seguirá.

[47]

Do caminho da salvação

Deus não faz com que os tolos entendam os milagres que opera, tanto ontem quanto hoje. Por isso, muitos néscios encontram a perdição: aqui eles morrem temporalmente e lá estarão mortos por toda a eternidade, pois não aprenderam a conhecer a Deus e nem a viver segundo Sua vontade. Aqui têm flagelos, lá encontram tormentos; aqui têm que suportar o peso da carroça, lá terão de arrastar a carreta. Por isso, insensato, não perguntes pelo caminho que leva ao inferno! É extremamente fácil chegar ali; o caminho está aberto noite e dia, e é largo, bem traçado e aplainado, pois muitos parvos seguem por ele. O caminho para a salvação - acessível apenas para a sabedoria - é apertado, estreito, penoso e íngreme,[274] e poucos ousam enveredar por ele ou têm disposição para isso. Com isso, quero ter respondido brevemente à pergunta que os parvos amiúde fazem sobre o porquê de vermos mais tolos rumando para o inferno do que pessoas que procuram por sabedoria. O mundo dos prazeres é cego; há muitos néscios e poucos sábios. Muitos são chamados para a ceia, poucos escolhidos.[275] Fica alerta! Seiscentos mil homens apenas, sem as mulheres e criancinhas, Deus conduziu uma vez pelas areias do deserto,[276] mas somente dois alcançaram a terra prometida.[277]

274. Mateus 7, 13-14.
275. Mateus 20, 16.
276. Êxodo 12, 37.
277. Números 14, 30.

[48]

Uma nau com companheiros de guilda[278]

Um navio sai em viagem, carregado de artesãos de todos os ramos e ofícios, e cada qual carrega consigo sua ferramenta de trabalho. Já nenhuma das atividades artesanais manteve sua dignidade, estando todas aviltadas e sobrecarregadas. Todo e qualquer servo quer ser mestre, e por isso abundam os ofícios sobre a terra. Há os que se dizem mestres, embora jamais tenham aprendido ofício algum. Uns trabalham em prejuízo dos outros e não raro acabam tendo que escapulir às escondidas;[279] muitos que conseguem produzir por preço menor são forçados a dar as costas para a cidade.[280] Aquele que não quer vender por preço baixo, logo vê mais adiante dois ou três que se dispõem a oferecer por quantia pequena um trabalho que, no entanto, não é como deveria ser. Agora tudo é feito mal e às pressas para poder custar pouco. Essa situação não pode continuar: compra-se caro e vende-se barato! Muitos aliviam a compra de outros, sendo então levados ao portão da cidade. Todos gostam de comprar por preço módico, mas junto não recebem nenhuma garantia, pois quem cobra pouco trabalhou pouco no produto e este apenas tem a aparência adequada. Essa é uma maneira de cavar a sepultura de todos os ofícios, que não conseguem mais prover o

278. Na edição original de 1494, a estampa 48 (que nela ocupa uma página inteira) não vinha acompanhada de legenda e tampouco de título. As edições posteriores trazem um título (extraído do índice) que remete ao tema geral do capítulo: uma nau que transporta passageiros (distinguindo-se, portanto, de navios mercantes ou de carga), os quais são da guilda dos mestres artesãos e seus aprendizes.

279. Fuga motivada por dívidas.

280. São expulsos por infringirem as normas da guilda, corporação em que se associavam os artesãos de um mesmo ramo (sapateiros, ferreiros, tintureiros, curtumeiros, etc.). Na Idade Média, a guilda de cada ofício estabelecia regras sobre o acabamento do produto, o número máximo de horas a serem trabalhadas por dia, o preço que poderia ser cobrado, a quantidade de aprendizes a serem empregados, etc. Essas normas destinavam-se a proteger a categoria, dando iguais condições de trabalho e de rendimento a todos os mestres. Estes eram os donos das oficinas, os quais empregavam aprendizes, ensinando-os e treinando-os no respectivo ofício em troca de casa e comida.

sustento de seus artesãos. "O que tu não fizeres faço eu e sem considerar tempo ou custo. Importa-me apenas vender o mais possível!" Eu mesmo, antes de escrever isso, passei muitos dias com néscios dessa laia para poder falar a verdade sobre eles; mas para escrever tudo adequadamente, ainda precisaria de muitos dias mais: nenhuma obra fica boa quando feita com precipitação. Um pintor trouxe para Apeles[281] um quadro que reconheceu ter feito com afobamento; em resposta, Apeles disse: "A obra evidencia muito bem que nasceu de pouco esforço. É um milagre que não tenhas aproveitado esse curto período para produzir outros tantos quadros desse tipo!" A pressa nunca deu bons resultados. Dizei em que teste seriam aprovados vinte pares de sapatos feitos em um dia; e uma dúzia de espadas haveria de sair sem talho? Produzir grandes quantidades e depois ficar à espera do pagamento pode azedar o riso de muitos. Com carpinteiros ruins sobram muitas lascas, maus pedreiros deixam grandes vãos entre as pedras. Alfaiates fazem pontos muito espaçados e a costura fica frouxa. Em um dia os tipógrafos gastam na taverna o salário de uma semana; esse é seu modo de vida, pois o trabalho é duro e estafante: imprimir e montar, compor e ajustar, corrigir e aplicar a pasta negra,[282] queimar as tintas na chama do fogo, em seguida espalhá-las e afiar as varetas.[283] Muitos ficam sentados trabalhando por longo tempo e mesmo assim não realizam trabalho de qualidade. Isso é porque provêm de Estupidópolis e não aprenderam corretamente sua arte. Muitos apreciam a viagem nessas naus e elas ficam repletas de bons servos, com muito trabalho e parcos ganhos, que eles despendem em um piscar de olhos, pois gostam de ter a garganta sempre molhada de vinho. Preocupam-se pouco com o futuro, bastando que hoje consigam comprar a crédito. Muitos procuram a venda de saldos, embora não possam depois ganhar muito com isso.

281. Apeles (séc. V até séc. IV a.C.) era considerado o maior pintor grego da Antiguidade, tendo sido retratista de Alexandre, o Grande. A fonte para o episódio aqui relatado é Plutarco, *De educaciones*, IX, 20.

282. A tinta era preparada com marfim queimado ou ossos.

283. Dispostas no espaço que corresponde à separação entre as palavras.

Hoje não se consegue vender mais nada sem antes jurar por Deus; e quem fica por muito tempo jurando isso e aquilo, por fim acaba tendo que fazer uma liquidação tal como os pescadores.[284] O mundo inteiro está seguindo o ditame de Colônia: "Tudo pela metade!" é o que vigora e é a única coisa que leva as pessoas a se apertarem as mãos, enquanto "Deus te aconselhe" não faz abrir o bolso de ninguém. Assim navegam todas as guildas e muitas naus ainda estão vazias pela metade.

284. Os pescadores tinham a fama de cobrar preços muito exagerados, sendo mais tarde obrigados a reduzir drasticamente os preços para conseguir vender suas mercadorias.

As crianças ficarão iguais aos pais se estes não evitam quebrar cântaros e panelas diante delas.

[49]

O MAU EXEMPLO DOS PAIS

Quem muito fala obscenidades e velhacarias diante das mulheres e crianças terá a retribuição daquilo que ousou fazer diante delas. Nem disciplina nem respeito restam sobre a terra. As mulheres e crianças aprendem as palavras e comportamentos desonrosos que presenciam: a mulher do seu esposo, a criança dos pais, e quando o abade traz os dados os monges estão preparados para jogar. O mundo agora está repleto de maus ensinamentos, em parte alguma há ordem ou dignidade: o pai tem a culpa, a esposa aprende com seu marido, o filho segue o pai, a filha iguala-se à mãe. Por isso, não há como admirar-se de haver tantos insensatos no mundo. O caranguejo anda como seu pai, da loba jamais nasceu cordeiro, Bruto e Cato estão ambos mortos, aumentando a ameaça da corja de Catilina.[285] Se os pais são prudentes e virtuosos gerarão filhos assim. Diógenes viu um jovem ébrio e disse-lhe: "Demonstrais o costume de vosso pai. Certamente sois filho de um ébrio!"[286] Por isso, há que se ter cuidado ao agir e falar diante das crianças. O costume, que é mais uma natureza,[287] facilmente conduz as crianças para maus caminhos. Que cada um siga uma vida apropriada em sua casa para que a infâmia nela não entre!

285. Cato (95-46 a.C.) era conhecido por sua retidão e sobriedade de costumes. Bruto era seu oponente no Senado romano, enquanto Catilina foi conspirador denunciado por Cícero.

286. Conf. Plutarco, *De educaciones*, III, 3.

287. Provérbio latino: "Consuetudo altera natura" ["O costume é uma segunda natureza"].

Muitos simplórios foram levados à perdição por causa dos prazeres terrenos. A muitos a concupiscência mantém presos pelas asas; outros elegeram nela o seu final.

[50]

Dos prazeres terrenos

O prazer terreno é semelhante a uma mulher exuberante que se posta na rua à vista de todos, publicamente chama para que a acompanhem até sua casa, pois está à venda por pouco dinheiro, e pede que exercitem com ela os deleites ligeiros e o falso amor.[288] Os tolos buscam o seu regaço assim como para o matadouro vão os bois ou um inocente cordeirinho, que não compreende como lhe ataram a corda ao pescoço e apenas percebe que está perdido quando a lâmina atravessa seu coração.[289] Pondera, insensato! Trata-se da tua alma! Cairás nas profundezas do inferno se te deixares atrair para os braços *dela*. Quem aqui foge dos levianos prazeres terrenos, lá encontrará a riqueza. Não procura os prazeres e frivolidades terrenas como outrora fez Sardanapalo,[290] o gentio, que pensava que a vida deveria ser repleta de satisfações carnais, diversões e luxo, não podendo haver contentamentos após a morte! Essa era a opinião de um tolo, que perseguiu as alegrias passageiras e profetizou a própria sorte![291] Quem se esforça por obter os prazeres terrenos recebe uma diminuta alegria em troca de padecimentos e ruína. Nenhuma satisfação terrena é tão doce que ao final não transpire fel. A alegria de todo o mundo terreno termina em amargura, embora o mestre Epicuro[292] considere os prazeres terrenos como o bem mais elevado.

288. Compare-se com Provérbios 7, 10.
289. Provérbios 7, 22-27.
290. Ver nota 168.
291. Sardanapalo antecipou que não teria prazeres depois de morto.
292. Epicuro (aprox. 342-271 a.C.) defendeu a superação da dor e descontentamento mediante uma vida satisfatória e equilibrada. Muitos, inclusive Brant, veem nesse filósofo grego um arauto dos prazeres sensuais.

Quem não consegue guardar um segredo e revela todas as suas intenções, verá chegar o arrependimento, o prejuízo e o pesar.

[51]

Ocultar segredos

Insensato é aquele que revela a sua mulher e a outros o que guarda em seu íntimo. Foi assim que o forte Sansão[293] perdeu seus olhos e cabelos. Igualmente atraiçoado foi o adivinho Anfiarau, a quem coube grande prejuízo.[294] Já a Escritura diz que não se deve confiar segredos às mulheres. Que o sábio se resguarde daqueles que não sabem guardar segredos, que realizam fraudes e outras trapaças e que tolamente batem com a língua nos dentes.[295] Muitos gabam-se de ter varado a noite com conquistas amorosas; mas se averiguarmos o fundamento de suas palavras, muitas vezes chegaremos a um monte de esterco. Tais bravatas amiúde deixam apenas mais claro que se trata de um néscio. Se quiseres que me cale, guardarei silêncio, pois isso me é fácil. Mas se não consegues guardar contigo o segredo que me revelaste, como pedes que eu omita o que tu mesmo não preservas? Se Acabe[296] não tivesse confiado seu desgosto a sua esposa, Jezabel, e não lhe tivesse relatado as palavras de Nabote, um crime teria sido evitado. Quem deseja conservar algo no coração, que se acautele para não dizê-lo; assim ficará seguro de que as pessoas não o saberão e não falarão sobre isso. O profeta[297] disse: "O segredo não será conhecido de todos, será apenas meu!"

293. Juízes 16.
294. Segundo a mitologia grega, Anfiarau era homem honesto e corajoso. Como também era adivinho, previu o desfecho da Guerra dos Sete contra Tebas e que ele próprio seria morto se dela participasse. Sua esposa, Erífile, foi subornada com um colar e traiu o marido, forçando-o a participar da campanha, onde de fato pereceu.
295. Provérbios 20, 19.
296. 1 Reis 21.
297. Isaías 24, 16, texto da *Vulgata*.

Quem propõe o matrimônio por causa do dinheiro e não por qualquer outra razão, irá lograr muito sofrimento, discórdia, conflito e dor.

[52]

Casamento por dinheiro

Quem procura banha no asno é destituído de bom-senso e sabedoria.[298] Quem se casa com mulher velha terá um único dia afortunado e nenhum mais. Terá poucas alegrias, pois nenhum filho será gerado, e nenhum dia será ditoso, exceto aquele em que vir o saco de moedas, mas até isto será avistado apenas de relance, o que mostra que foi feito de pateta. Disso fica evidente que pouca felicidade se alcança quando somente é considerado o dinheiro e nenhuma atenção foi dada à honra e probidade. Uma vez contraído um mau casamento, nenhuma amizade ou contentamento persistirá. Seria melhor estar sozinho no deserto do que conviver por muito tempo com uma mulher irascível e rancorosa,[299] que logo deixa exaurido o corpo do esposo. Não há como confiar em alguém que por dinheiro vende sua juventude! Como o cheiro da gordura lhe agrada, estaria disposto a também esfolar o asno. Depois de passado longo tempo, nada encontrará além de esterco e excrementos. Muitos quiseram conquistar a filha de Acabe[300] e resvalaram, assim como ele, no pecado e ignomínia. O demônio Asmodeu usufrui hoje de grande poder no matrimônio.[301] É raro agora haver um Boaz,[302] que deseje casar-se com uma Rute. Por isso, tudo o que se ouvem são gritos e lamúrias: "A culpa[303] é tua!" - "Tu me arranhaste!"

298. Asnos caracterizam-se por serem magros, de modo que há pouco senso em procurar por sua gordura. Trata-se aqui de referência a ditado popular, em que o interesse pela gordura equivale a realizar mau negócio ou ter atividade descabida. A narrativa "Espelho, o gatinho" (1856), do suíço Gottfried Keller, conta sobre um feiticeiro interessado em adquirir banha de gato para suas poções, mas é ludibriado e acaba tendo de casar-se com uma megera (*Contos alemães*. Seleção, tradução e introdução de Aurélio Buarque de Holanda; Paulo Rónai. Rio de Janeiro: Ediouro, s.d. p. 45-73.)

299. Provérbios 21, 19.

300. 2 Reis 8, 18. Trata-se de Atália, cf. 2 Crônicas 22.

301. Tobias 3, 8. Asmodeu matou os sete maridos de Sara. Na época de Brant, Asmodeu era o demônio do casamento por excelência.

302. Rute 2.

303. Referência ao adultério.

Inveja e ódio recobrem a terra; tanto pobres quanto ricos são invejosos. Neidhart[304] *absolutamente não está morto.*

304. Personificação da inveja. O nome vem de histórias burlescas ou anedotas criadas por *Neidhart* von Reuental na primeira metade do séc. XIII. Elas eram muito conhecidas e populares, especialmente na Áustria, sendo reunidas (por compilador anônimo) no livro *Neidhart Fuchs* [*Raposa Neidhart*], impresso na gráfica de Johan Schaur em Augsburg em 1490 ou 1491.

[53]

DA INVEJA E ÓDIO

Inimizade e inveja produzem grande quantidade de paspalhos, dos quais pretendo aqui falar. A inveja surge apenas porque tu ambicionas o que é meu e que cabe a mim possuir; e, como gostarias de usufruir-lo, não podes ter bons sentimentos para comigo. A inveja é uma ferida mortal que nunca consegue sarar por completo; o invejoso foi atingido por ela quando lhe surgiu esse propósito, e dia e noite não tem descanso enquanto não realizar seu intento. Nem o sono nem qualquer outra alegria podem fazer com que esqueça a dor que atormenta seu coração. Por isso tem lábios lívidos, é esquálido e descarnado como um cão, seus olhos são vermelhos e não consegue encarar ninguém de frente.[305] Isso ficou evidente em Saul e Davi,[306] assim como nos irmãos de José: a inveja apenas ri quando está se afundando o navio que ela própria conduziu aos recifes. E quando a inveja rói e morde por longo tempo, consome apenas a si mesma e nada mais, assim como o Etna devora a si próprio.[307] Por isso Aglauro[308] converteu-se em pedra. Quão forte a inveja e o ódio podem ser é mostrado por vários irmãos: Caim e Isáu deixam isso claro, assim como Tiestes,[309]

305. Esses traços físicos e outros mencionados a seguir são extraídos de *As Metamorfoses*, II (Ovídio), onde é descrita Invidia, a personificação da inveja.

306. 1 Samuel 18, 9.

307. O monte Etna e seu vulcão estão retratados na estampa 53.

308. Ovídio (*As Metamorfoses*, II) relata que a gananciosa Aglauro, filha do rei de Atenas, sentia tamanho ciúme de sua irmã Herse, que foi punida pela deusa Invidia e mais tarde transformada em pedra por Mercúrio.

309. A história dos irmãos Atreu e Tiestes traz longa lista de traições e crimes. Já na juventude, os dois mataram conjuntamente Crisipo, seu meio-irmão. Mais tarde Tiestes torna-se amante de sua cunhada, Aérope, o que leva Atreu a matar os filhos do irmão (em número de dois ou três, conforme a versão) e a servi-los a ele durante um banquete. Para vingar-se, Tiestes segue as instruções de um oráculo gerando Egisto (com sua própria filha), o qual mais tarde iria matar Atreu.

Etéocles,[310] os filhos de Jacó.[311] Eles se deixaram açular pela inveja, como se não fossem todos chamados de irmãos: quando o sangue da mesma estirpe se incendeia, seu ardor é muito mais forte do que o do sangue de estirpes estranhas.

310. Etéocles é filho de Édipo e Jocasta, e irmão de Polinices. Os dois irmãos expulsaram Édipo de Tebas e dele receberam uma maldição. Esta foi consumada quando eles disputaram o trono e se enfrentaram em um duelo tão feroz que ambos morreram.

311. Gênesis 37.

Quem tem tanto prazer em tocar gaita de fole[312] *a ponto de escarnecer da harpa e do alaúde, deve tomar seu lugar no trenó dos imbecis.*

312. A gaita é o instrumento dos insensatos.

[54]

Não aceitar críticas

O néscio mostra um sinal garantido de sua estupidez quando não tolera e sequer tem paciência para ouvir coisas sensatas. Um sábio aprecia ouvir sobre assuntos de bom-senso, por meio dos quais amplia sua sabedoria. A gaita de fole é o instrumento dos insensatos; pela harpa eles têm pouco apreço. Nenhum bem é mais estimado pelo tolo do que seu bordão e sua gaita. Quem está equivocado, pouco aceita ser repreendido, e assim o número de néscios aumenta sem parar. Oh, tolo, deves lembrar em todos os instantes que és humano e irás morrer; não és nada senão argila, cinzas, terra e excremento. Dentre todas as criaturas da natureza que têm juízo, a mais insignificante és tu, que não passas de espuma, saco de vermes, bastardo. Como podes ufanar-te de teu poder e nobreza, juventude, dinheiro, aparência, se tudo sob o sol é inútil quando a sabedoria está ausente? É melhor receber a censura de um sábio do que o sorriso de uma parva ovelha. Semelhante ao estalo dos espinhos do cardo quando ele cai, assim é o riso do insensato.[313] Por isso, abençoado aquele que, onde quer que esteja, vive no temor a Deus. O coração do sábio também conhece o pesar; o do néscio somente atenta para a gaita.[314] Pode-se cantar e falar, pedir e suplicar que abandone sua obstinação; ele não entenderá ensinamento nem repreensão.

313. Eclesiastes 7, 5-6.
314. Eclesiastes 7, 4.

Quem exerce a medicina, mas não sabe curar mal algum, é um charlatão.

[55]

Da medicina inepta

Deve caminhar com insensatos aquele que está junto ao leito de um moribundo, observa a urina e diz: "Espera que vou para casa e então darei notícias sobre o que encontrar em meus livros!" Enquanto ele vai até os livros, o enfermo já irá à casa dos mortos. Muitos pretendem dominar a arte da medicina, mas não sabem absolutamente nada além daquilo que está no livrinho sobre ervas e do que se ouve das velhas. Estas possuem tanto conhecimento que curam todos os males, não importa se se trata de jovem ou velho, criança, homem ou mulher, e se é úmido, seco, quente ou frio.[315] As ervas têm tanta força e poder como o unguento no alabastro, do qual o barbeiro prepara seu emplastro e com ele cura todas as feridas, sejam elas úlceras, picadas, fraturas ou cortes: o néscio não as abandona. Quem conhece apenas uma pomada para a cura de vermelhidão, olhos cegos de tão lacrimejantes, e quer usar purgativos sem uma vasilha, é um parvo como Zuohsta[316] foi. Ele é igual ao advogado que não sabe dar conselhos em assunto algum, e também ao confessor que não consegue aprender qual penitência se aplica a cada tipo de pecado e desacerto,[317] evitando pronunciar-se a respeito. Muitos são levados por néscios para o mau caminho e corrompem-se antes de percebê-lo.

315. Referência aos quatro elementos, que até o séc. XVII adentro eram considerados fundamentais pela medicina.

316. Provavelmente um médico da época de Brant.

317. As determinações do livro de penitências (*Libri poenitentiales*) eram tão confusas e casuísticas como as leis penais.

Nunca houve sobre a terra um poder tão colossal que não chegasse ao termo quando sua hora e seu prazo final fossem alcançados.

[56]

Do fim do poder

Há tolos sem conta que confiam em seu poder como se este pudesse para sempre manter-se inalterado, embora seja usual que se derreta como a neve. Júlio César já possuía imensa força e riqueza, além de aguçado entendimento, antes de assumir com violência o império e o poderio romanos. Quando tomou para si o cetro, junto vieram preocupações e temores em abundância; e então já não dispunha de julgamento tão acurado, pois em pouco tempo morreu apunhalado. Dario[318] possuía um vasto e poderoso reino no qual poderia ter vivido tranquilamente e assim mantido a honra e as posses; mas como tentou buscar mais e desejou o que era alheio, perdeu também o que era seu. E Xerxes[319] levou para a Grécia um exército tão vasto como as areias do deserto, cobrindo o mar de barcos e causando grande temor ao mundo inteiro. E, não obstante, o que ele alcançou? Atacou Atenas com a fúria de um leão ao agarrar uma galinha, e acabou fugindo como fazem as lebres. Quando o rei Nabucodonosor foi premiado pela sorte com a vitória sobre Arfaxad,[320] decidiu estender seu domínio sobre todas as terras. Desejou ter o poder de um deus,[321] mas da noite para o dia foi convertido em animal.[322] Seria fácil contar-vos ainda sobre muitos outros do Velho e Novo Testamento, mas não me parece necessário. Muito poucos estão em paz após a morte ou morreram em seu próprio leito, ainda que tenham escapado de ser assassinados. Vós, poderosos, refleti sobre vossa condição: estais sentados no

318. Dario I (morto em 486 a.C.), rei da Pérsia, tentou conquistar a Grécia, mas foi derrotado nas batalhas de Maratona e Plateia. Cerca de um século e meio após sua morte, a Pérsia foi conquistada por Alexandre, o Grande, da Macedônia.

319. Filho de Dario I (aprox. 519-465 a.C.), subjugou o Egito e em seguida retomou os planos do pai de conquistar a Grécia. Derrotado, fugiu para a Ásia, onde morreu assassinado por um de seus cortesãos.

320. Judite 1-2.

321. Judite 3, 8.

322. Judite cortou a cabeça de Holofernes, general de Nabucodonosor (Judite 13, 8), desnorteando assim os soldados assírios, que então foram massacrados pelos israelitas (Judite 15-16).

lado bem-aventurado da roda da fortuna;[323] sede sábios e pensai no fim para que Deus não inverta a roda! Temei o Senhor e servi a Ele para que Sua cólera e ira não recaiam sobre vós, pois elas se inflamam com facilidade e de pronto consumirão vosso poder e dele nada restará. A roda de Ixíon[324] nunca para, pois uma brisa a faz girar sem descanso. Por isso, feliz daquele que confia somente em Deus! Incessantemente rola morro abaixo o rochedo que o insensato Sísifo,[325] com grande dificuldade e sofrimento, empurra para cima. Sorte e poder duram por poucos anos, pois, conforme um ditado antigo, azar e cabelos crescem dia após dia. O poder injusto decresce até desaparecer completamente, conforme demonstram Jezabel e Acabe.[326] Ainda que um senhor não tenha inimigos, deve temer seus criados e aqueles que são seus amigos mais próximos, que o matarão para destituí-lo de seu poder. Com traição e assassinato, Zinri apossou-se do reino de seu senhor, mas foi rei por apenas sete dias.[327] Alexandre subjugou o mundo inteiro; morreu ao tomar a bebida que um criado lhe servia. Dario fugiu e já se encontrava fora de perigo; Besso, seu servo, apunhalou-o. É desse modo que o orgulho e o poder encontram seu fim: Ciro bebeu o próprio sangue.[328] Nenhum poder

323. Cf. estampa 56 (e também 37).

324. Ixíon matou o sogro, Dioneu, jogando-o dentro de um fosso em brasas. O crime foi perdoado por Júpiter, mas em vez de mostrar-se grato, Ixíon tentou violentar Juno. Unindo-se a uma nuvem com a forma da deusa, gerou o primeiro centauro (ou todos, dependendo da versão). Diante disso, Júpiter atou Ixíon a uma roda incandescente, suplício ao qual estaria condenado por toda a eternidade.

325. Sísifo é considerado na mitologia grega o mortal astuto por excelência e o menos escrupuloso (em algumas versões é considerado pai de Ulisses). Todas as histórias contadas sobre ele giram em torno de alguma astúcia. Quando Júpiter lhe enviou Tânato (Morte), Sísifo ludibriou-o e manteve-o cativo (período durante o qual ninguém morreu sobre a face da terra). Finalmente Sísifo foi condenado a empurrar um rochedo até o alto de uma montanha; sempre quando chegava ao cimo, a pedra voltava a cair, obrigando-o a recomeçar do início a sua tarefa.

326. 1 Reis 21-22.

327. 1 Reis 16, 8-15.

328. Heródoto conta que a rainha Tamíris, em guerra contra o rei persa Ciro (558-529 a.C.), recorreu a um estratagema: simulando fugir, atraiu o rei para uma cilada onde conseguiu capturá-lo. Tamíris então cortou-lhe a cabeça e encheu-a com o sangue de Ciro. Ver nota 114.

sobre a terra jamais foi tão grande que não tenha sucumbido de modo terrível. Nenhum homem teve garantido, pelo poder de seus amigos, um dia a mais de vida. Quem pode estar seguro por um instante sequer de que o poder e a felicidade lhe estão garantidos? Pois aquilo que o mundo considera mais precioso torna-se amargo em seu desfecho. Quem caminha altaneiro e cheio de soberba, deve acautelar-se para não tombar ao chão e tornar-se motivo de zombarias e desonra. O grande poder vem acompanhado de grande insensatez, pois é raro que ele dure por tempo prolongado! E qualquer que seja o reino para o qual eu olhe: Assíria, Média,[329] Pérsia, Macedônia e Grécia, Cartago e o Estado de Roma; todos encontraram seu fim. O Império Romano[330] permanecerá enquanto Deus assim o quiser: Ele estipulou sua duração e extensão; oxalá permita que se torne tão vasto e poderoso que toda a terra lhe esteja subordinada, como é de seu direito e conforme a lei.

329. Terra dos medos; hoje é parte do Irã.
330. Trata-se do Sacro Império Romano-Germânico. Ver nota 3.

Quem deseja remuneração imerecida e pensa poder equilibrar-se sobre um frágil caniço, perseguirá seu alvo como se estivesse cavalgando um caranguejo.[331]

331. Como o caranguejo não anda para frente, o alvo que está adiante não será alcançado.

[57]

Não é raro encontrar um idiota que busca nas Escrituras material para embelezar sua estultícia, crendo-se ilustre e erudito. Ele inverte o que está nos livros, percorrendo-os às pressas somente até o verso "Beatus vir",[332] e acreditando equivocadamente que, se Deus lhe concedeu algum bem, este nunca lhe será arrebatado. Se tiver que ir ao inferno, quer ser um bom camarada e conviver amigavelmente com os demais, pois o que há de suceder, sucederá. Parvo, abandona tais ilusões, do contrário logo estarás mergulhado na caldeirada de néscios![333] Não creias que Deus dá remuneração a quem não trabalhou! Não fiqueis de braços cruzados à espera de que do céu te caia na boca um pombo assado. Se essa fosse a ordem das coisas, então todos os servos receberiam o mesmo pagamento, tenham trabalhado ou não - e esse de modo algum é o costume! Por que Deus haveria de gratificar com eterna recompensa o teu ócio ou por que concederia Seu reino e uma grande paga a um servo que passasse o tempo a dormir? Eu garanto que não vive ninguém na terra a quem Deus tenha oferecido algo sem misericórdia ou por quem tenha alguma obrigação, pois Ele não nos deve absolutamente nada. Um senhor livre presenteia a quem deseja e, quer dê muito, quer dê pouco, segundo sua vontade, quem pode censurá-lo? Ele sabe as razões de seu gesto. O oleiro toma a massa de barro e com ela molda a louça de acordo com o que pensou: ele forma jarros, talhas, cântaros, para que sirvam a todas as necessidades. O jarro não lhe diz:[334] "Eu deveria ser uma talha ou um cântaro!" Deus sabe o que convém a cada um e o que compete ao ser humano: o motivo por ter preferido Jacó e não ter escolhido também Esaú; ou por que castigou Nabucodonosor, que

332. Início do Livro dos Salmos: "Bem-aventurado o homem...".

333. Compare-se com os capítulos "Dos arroubos amorosos", "Da presunção", "Entrar para o clero" e "Dos obstáculos ao bem", onde também é usada a mesma expressão.

334. Romanos 9, 20.

havia pecado durante muitos anos, mas depois aceitou seu arrependimento e o acolheu em Seu reino, enquanto o Faraó recebeu duras punições de pragas, embora apenas fosse um homem mau.[335] O mesmo remédio pode curar uma pessoa e deixar outra ainda mais enferma. Enquanto aquele sentiu o castigo da dura mão de Deus e passou a se lembrar de seus pecados com suspiros de lamentação, o outro seguia seu livre arbítrio e foi alcançado pela justiça divina por ter abusado de Sua misericórdia. Deus cuida igualmente de todos e tem uma razão para tudo o que faz. Se quisesse, Ele poderia ter feito todos como rosas, mas Seu desejo foi que também houvesse cardos e nisso ficasse visível Sua justiça. Era rancoroso e cheio de inveja o criado que pensava estar sendo tratado com injustiça pelo patrão, que lhe pagou o soldo combinado e que deu a outro o que pedira: embora este tivesse realizado pouco trabalho, foi-lhe pago o mesmo salário.[336] Há sobre a terra muitos justos que vivem em sofrimento, os quais Deus trata como se tivessem cometido grande quantidade de pecados. Por outro lado, é frequente encontrarmos insensatos que para tudo têm sorte e que pecam com muita liberdade, como se seus atos fossem santificados. Assim, o juízo de Deus é indiscernível e Seus motivos não são conhecidos por ninguém; quanto mais nos esforçamos para compreender Suas razões últimas, menos claras elas nos parecem, e quem pretende penetrar em Seus mistérios, maior é sua ignorância. A verdadeira compreensão nos é inacessível até a viagem que empreenderemos no porvir, cercada de incertezas. Por isso, deixa estar como estão a providência e a ordem de Deus. Age com correção e boa vontade! Deus é misericordioso e cheio de graça! Fá-Lo saber o que Ele já sabe. Age com correção e teu salário está garantido. Persevera! E juro-te pela minha alma de que não irás para o inferno!

335. Esta formulação foi extraída do "Decretum Gratiani" (*Corp. iur. can.* II, 23, 4).

336. Veja-se a parábola de Mateus 20, 1-16: alguns trabalharam o dia inteiro, outros apenas uma hora e, apesar disso, o dono da vinha pagou a todos o valor combinado de um denário.

Quem procura apagar o fogo alheio, deixando queimar o próprio celeiro, toca com maestria a lira dos néscios.

[58]

Esquecer de si mesmo

Quem suporta grandes fadigas e problemas para cuidar de assuntos alheios e trazer benefícios a outrem é mais um tipo de mono, já que não dá atenção a suas próprias coisas, não sendo aplicado e alerta em relação a elas. Lê o livro dos tolos aquele que é sábio, mas esquece de si mesmo. Quem deseja conquistar o amor deve começar com si mesmo, conforme já alertou Terêncio:[337] "Sou o parente mais próximo de mim mesmo!" Cada qual deve vigiar suas próprias chances antes de se preocupar com a sorte alheia. Estará em pouco tempo perdido quem ara para outros e não semeia para si mesmo, quem se apressa a limpar o traje de outrem e, enquanto isso, suja o seu próprio. Quem se lança a apagar o incêndio das chamas que estão saindo do teto do outro, enquanto sua própria casa arde com violência, dá pouca atenção a seu proveito próprio. Quem empurra a carreta alheia e deixa a sua para trás é um completo insensato. Aquele que carrega o fardo alheio, esquecendo o seu próprio, há de sofrer grandes danos. Quem se deixa persuadir por aquilo que lhe renderá prejuízo e escárnio, não escapa ileso por muito tempo: em breve o néscio ficará preso pela barra do casaco,[338] aprendendo a lição de sabedoria à custa de perdas sofridas. A morte é mais penosa para quem é conhecido de todos, mas chega ao momento derradeiro sem ser conhecido de si próprio.

337. *Andria* IV, 1, 12.
338. Ver estampa 58.

Quem deseja ser servido todos os dias, ainda que negue o agradecimento e a gratidão, merece receber umas bastonadas.

[59]

Da ingratidão

Néscio é quem tem grandes anseios, mas não se comporta de modo honrado e causa grandes fadigas e preocupações àqueles que não tenciona recompensar adequadamente ao final. Quem deseja alcançar proveitos em alguma coisa deve ter em vista que há de empregar os esforços necessários para isso, se deseja manter sua honra. Um cavalo já cansado dificilmente estará disposto a continuar labutando. Muitos cavalos bem dispostos haveriam de perder o ânimo se lhes fosse tirada a ração. É insensato quem exige grande esforço alheio sem destinar-lhe a devida remuneração. Quem não se dá por satisfeito com o trabalho realizado por pequeno salário, não deve queixar-se se não encontrar mais ninguém que aceite desincumbir-se daquelas tarefas; caso contrário, merece receber umas bastonadas.[339] Quem deseja desfrutar de um serviço, deve prover o pagamento adequado a ele. A ingratidão é mal recompensada; ela esvazia a água do poço. Para que uma cacimba antiga verta água, é preciso que se despeje água nela. Para que a dobradiça da porta não comece logo a ranger, é preciso que se lhe aplique óleo. Não é digno de receber grandes presentes quem não se recorda dos pequenos; negamos todo e qualquer serviço àquele que não sabe dar valor ao pequeno obséquio, visto que é grosseiro e sem razão. Por isso, nunca conquistou o amor dos sábios aquele que agiu com ingratidão.

339. Ver estampa 59.

Nunca perdi da memória a caldeirada de néscios, pois agrada-me a imagem no espelho. Sou irmão de João Orelha-de-Burro.

[60]

Da presunção

Revolve bem com a colher a caldeirada de néscios aquele que se considera sábio, mas apenas é lisonjeiro para consigo mesmo. Ele gosta de se mirar no espelho, e no entanto não percebe que está enxergando aí um palerma. Se tivesse que prestar juramento a respeito de sábios e elegantes, haveria de jurar que ele sozinho, como ninguém mais sobre a terra, é sábio e elegante, que tem defeito algum e que seu comportamento é o melhor de todos. O espelho está sempre em sua mão, quer se encontre deitado ou sentado, quer esteja cavalgando ou andando, tal como o Imperador Otão,[340] que antes da batalha se mirava no espelho, passava a navalha nas faces duas vezes por dia e então as lavava com leite de jumenta. Tais coisas cabem muito bem às mulheres, que nada fazem sem o auxílio do espelho e que demoram um ano para acomodar o véu nos cabelos e completar sua toalete. Alguém que dá tamanho valor a sua aparência e figura nada mais é que um símio de Heidelberg.[341] Pigmalião agradou-se tanto de sua própria obra,[342] que ficou como um néscio apaixonado; e se Narciso[343] não se tivesse espelhado na água, teria vivido ainda por muito tempo. Muitos ficam a mirar o espelho, embora nenhuma imagem bonita apareça nele. Quem é uma ovelha tola e não aceita reprimendas será fiel a sua essência e permanecerá sem sabedoria e entendimento.

340. Trata-se do imperador romano Marco Sálvio Otão (Marcus Salvius Otho) (32-69 d.C.), cujo reinado durou três meses: de janeiro a abril de 69 d.C.
341. Na antiga ponte sobre o rio Neckar, em Heidelberg, há a estátua de um mono.
342. Na verdade, a lenda (relatada por Ovídio em *As Metamorfoses*, X) diz que Pigmalião se enamorou de uma estátua de marfim que ele próprio havia esculpido. Vênus atendeu suas súplicas e deu vida à estátua, que representava uma linda mulher.
343. Cf. Ovídio (*As Metamorfoses*, III), Narciso ficou de tal modo encantado com a própria imagem, refletida em um lago, que não saiu mais de perto da água e lá definhou.

O melhor da dança é que ela não nos obriga a ir sempre em frente, mas nos permite retroceder no momento certo.

[61]

Da dança

Quase chego a considerar totalmente néscios os que encontram alegria e prazer na dança, girando furiosamente em redor de si como loucos, cansando e sujando os pés na poeira. Mas quando se considera que a dança surgiu junto com o pecado, é possível observar que foi criada pelo demônio quando este fez aparecer o bezerro de ouro[344] e conseguiu que as pessoas se esquecessem por completo de Deus, algo que ainda consegue até hoje. A dança muitas vezes propicia desastres, pois vem acompanhada de ostentação e voluptuosidade e prepara o caminho à impudicícia. Nela roçamos as mãos de Vênus e toda a dignidade encontra seu fim. Por isso, não conheço em todo o mundo terreno uma brincadeira tão próxima do sério como a dança, que foi trazida para dentro da igreja no momento da consagração e da missa: lá estão a bailar os padres, monges e leigos. A batina precisa colocar-se na fila, atrás dos demais, e então eles pulam e fazem voar o hábito e deixam as pernas desnudas à mostra; de outras vergonhas nem quero falar. A dança tem sabor mais doce que o dos figos. Se Fulano pode bailar com Beltrana, não deixarão de fazê-lo um dia sequer; e eles logo acertam o preço para trocar o bode pela cabra. Se isso for chamado de divertimento, de minha parte, reconheço aí uma grande insensatez. Muitos ficam por longo tempo à espera da dança, mas esta nunca poderá saciá-los por completo.

344. Êxodo 32.

Quem aprecia fazer serenata na rua à noite, diante da porta, também deve apreciar aí morrer de frio.

[62]

Da serenata noturna

Agora o baile dos néscios quase estaria completo, mas desta brincadeira ainda participam os seresteiros apaixonados, os vagabundos e os malandros, que durante a noite não têm descanso se não puderem vaguear pelas ruas e tocar alaúde em frente das portas para que as donzelas apareçam à janela. Nada consegue afugentá-los da rua até que o pinico os obrigue[345] ou uma pedra os faça partir. Sua alegria na verdade é pequena: eles congelam nas noites de inverno, quando cantam serestas para alguma insensata ao som de instrumentos de corda e, quando no mercado de madeira, saltam por cima dos troncos com pífanos e cantorias. Fazem isso os estudantes, padres, leigos, que assobiam acompanhando a ciranda de paspalhos, e todos berram, soltam gritos de alegria, clamam aos brados e choramingam, como se estivessem sendo arrastados para a forca. Cada insensato avisa ao outro onde deverá aguardar ser chamado, e lá se reúnem os músicos e cantores. Tão secreta é a organização da serenata, que todos falam dela: até os pescadores têm que anunciá-la aos quatro ventos. Muitos deixam a mulher sozinha em casa, que preferiria ouvir sua serenata na cama, e vão dançar amarrados à corda dos néscios. Para isso acabar bem, só com a ajuda de Deus! Silencio sobre aqueles que têm prazer em passear vestidos de bobos, mas se fossem chamados de palermas, muitos com certeza ficariam zangados com a denominação.

345. Conforme estampa 62, o conteúdo do urinol é despejado sobre os cantadores de serenata.

Temeroso de deixar escapar algum insensato, revistei aqueles que seguram o bastão de mendigo e pouca sabedoria entre eles encontrei.

[63]

Dos mendigos

A mendicância também reúne muitos insensatos. Eles conseguem ganhar dinheiro pedindo esmolas e querem sustentar-se mendigando. Ordens de monges e padres, que são ricas, queixam-se de sua pobreza. Ah, mendigos, que Deus se apiede de vós! Sois destinados à pobreza e, mesmo assim, juntastes muito dinheiro. Não obstante, o prior grita: "Trazei mais para cá!" O saco já tem fundo rasgado. O mesmo fazem os negociantes de relíquias, os peregrinos que golpeiam as próprias frontes, os vendedores ambulantes nos locais de devoção, que não passam por nenhuma romaria sem parar e anunciar aos gritos que têm à venda um saco com a palha que forrava a manjedoura em Belém, uma perna da jumenta de Balaão,[346] uma pena da asa do arcanjo Miguel, as rédeas do cavalo de São Jorge ou os sapatos de amarrar[347] de Santa Clara. Muitos se entregam à mendicância nos seus anos de juventude, força e saúde, quando ainda poderiam trabalham bastante, mas preferem não curvar as costas, pois dói-lhes o osso da sem-vergonhice. Desde pequenos seus filhos precisam saber como pedir esmolas, sem parar e em altos brados, caso contrário ele lhes quebraria o braço e os cobriria de feridas e bolhas para que conseguissem gritar e chorar bem alto. Deles ainda há vinte e quatro estabelecidos em Estrasburgo, na Dummenloch,[348] fora os que foram recolhidos ao abrigo de órfãos. Mas mendigos não costumam jejuar: em Basileia, no Kohlberg,[349] os canalhas se refestelam. Com seu jargão e sua lábia, espalham-se pela terra, ganhando tranquilamente o seu pão. Todo pedinte de comida tem uma companheira que mente, engana e se finge

346. Números 22.

347. Trata-se aqui de sapatos de couro amarrados com tiras ("Bundschuh"), usados pelos camponeses. Dado que eles contrastavam com os sapatos afivelados e com as botas de montaria dos cavaleiros nobres, em 1476 tornaram-se emblema de um levante de camponeses liderados por Hans Böhme (ver nota 66), conhecido como Movimento Bundschuh. Os sapatos de amarrar de Santa Clara simbolizam sua pobreza e humildade.

348. Ruela onde ficavam alojados os doentes de varíola.

349. Distrito da cidade destinado à moradia dos mendigos.

de enferma para conseguir dinheiro para o mendigo, que vai em busca de onde o vinho é melhor, percorrendo todas as tavernas onde há jogos de dados. Ele trapaceia aqui e ali até ser posto a correr, e então segue ao léu até outro lugar. Furta patos e galinhas para matá-los, cortando-lhes a garganta. Falsos aleijados e vagabundos que seguem atrás de romarias são seus companheiros. É estranho como hoje está o mundo: todos só querem saber de dinheiro! Os menestréis, pregoeiros e arautos sem brasão sempre censuraram publicamente os opróbrios e com isso alcançaram grandes honrarias; agora todo e qualquer parvo quer falar em voz alta e carregar um bastão liso e decorado,[350] para saciar-se com a mendicância. Lastimam quando suas vestes não estão rasgadas. Mendigos infestam agora todos os lugares, emporcalhando-os, mas seus cálices têm que ser de prata e neles devem caber diariamente sete jarros. Há os que à luz do dia andam com muletas, mas quando ficam sozinhos não precisam mais delas; outros caem ao chão como se fossem epiléticos, pois querem chamar a atenção dos passantes. Uns tomam crianças alheias emprestadas para parecerem ter muitos filhos; outros carregam um burro com alforjes, como se estivessem indo para Santiago de Compostela. Um vai coxeando, outro faz-se passar por corcunda, um terceiro ata sua perna a uma muleta ou amarra a perna de um morto debaixo do seu gibão. Quem olha com atenção para as feridas pode perceber como elas estão amarradas ali. Para falar da mendicância precisaria de largo tempo, já que infelizmente os mendigos são muitos e vão ficando cada vez mais numerosos; viver da caridade alheia não mais desperta sofrimento em ninguém, apenas aos que precisam fazer isso por necessidade. Fora isso, é um bom negócio permanecer um mendigo, pois não traz ruína a ninguém, e muitos conseguem dessa forma pão branco sem precisar beber vinho barato: aceitam apenas vinho de Rivoglio[351] ou da Alsácia.[352] Muitos con-

350. Bastão carregado pelos arautos, que lhes permitia transitar livremente por todos os lugares.

351. Vinho produzido em Rivoglio, na Ístria, hoje região da Croácia.

352. Uma região vinícola da França.

fiam em passar mendigando e se dedicam a jogar, fornicar e viver com luxo, pois, mesmo que tenham desperdiçado seus bens, não são impedidos de continuar mendigando: sempre têm permissão para continuar com o bastão de mendigo.[353] Muitos vivem da mendicância e possuem mais dinheiro do que tu ou eu!

353. Os mendigos levavam uma vara ou bastão branco.

Muitos gostariam de cavalgar cedo e tarde, se não estivessem tão ocupados com mulheres; elas só raramente deixam o jumento em paz.

[64]

Das mulheres maldosas

Em meu Prólogo já declarei, contra possíveis objeções, que meu poema não deseja tratar das mulheres boas com malícia. Contudo, alguém logo haveria de me censurar se eu não dissesse nada sobre as más. Uma mulher que com prazer ouve falar da sabedoria não é facilmente convertida em ignomínia: a mulher bondosa amansa a ira do homem. Assuero tinha feito um juramento, mas Ester abrandou-o e suavizou-o.[354] David prontamente cedeu a Abigail.[355] As mulheres más, porém, dão maus conselhos, como fez a mãe de Acazias:[356] Herodias, por meio da filha, mandou degolar João Batista,[357] e Salomão foi tão transtornado pelos conselhos de mulheres que adorou ídolos.[358] Uma mulher logo se torna uma gralha quando gosta de tagarelar; passa dias e noites papagueando sem cessar. Píero foi pai de muitas jovens,[359] cujas línguas eram tão envenenadas, que ardiam como o carvão. A primeira se queixa, a segunda faz mexericos, a terceira mente e faz comentários maldosos sobre todos que conhece, a quarta briga no leito e atormenta o marido sem cessar, o qual muitas vezes é obrigado a ouvir sermões até quando os monges podem dormir.[360] Muitos homens vivem em um cabo-de-guerra no qual sempre estão em desvantagem. Muitas mulheres são muito honestas e cordatas, mas são espertas demais para seus maridos e não aceitam que eles tentem censurá-las ou corrigi-las. Muitas vezes o homem cai em desgraça devido à boca de sua esposa,

354. Ester 8, 3.
355. 1 Samuel 25, 14-35.
356. 2 Reis 11.
357. Mateus 14, 1-11.
358. 1 Reis 11, 1-8.
359. Segundo Ovídio (*As Metamorfoses*, V), Píero tinha nove filhas, as Piérides, que quiseram competir com as musas. Tendo desafiado as musas para uma competição, foram derrotadas e transformadas em pássaros.
360. Os mosteiros guiavam-se rigidamente pelas horas canônicas da liturgia católica, fazendo orações inclusive durante a madrugada.

como aconteceu com Anfíon de Tebas,[361] que viu todos os seus filhos morrerem. Se as mulheres fossem falar muito, Calpúrnia[362] logo entraria em jogo. Uma mulher maldosa tende sempre para o mal, conforme nos mostrou a mulher do senhor de José.[363] Não é possível presenciar raiva mais forte do que a de uma mulher enfurecida: sua sanha é como a da leoa que perdeu seus filhotes, ou como a da ursa que está amamentando; Medeia e Procne[364] comprovam isso. Se examinarmos a fundo a sabedoria, não encontraremos erva mais amarga sobre a terra do que as mulheres cujo coração são redes e laços que enredam muitos parvos.[365] Três coisas levam a terra a tremer, sendo a quarta sua total ruína: um servo que se tornou um senhor; um tolo que se fartou; uma mulher invejosa, má e venenosa com quem alguém se casou; mas a quarta coisa destrói por completo a amizade: a criada que se tornou herdeira de sua senhora.[366] Três coisas não podem ser satisfeitas, sendo que a quarta não pára de gritar: "Que venha mais!". Uma mulher; o inferno; o reino terrestre, que absorve toda a água da chuva; e o fogo nunca diz: "Basta! Tenho suficiente, não traze mais!"[367] Três coisas eu não entendo, sendo que da quarta não sei nada: como uma águia voa no ar; como uma cobra rasteja sobre a rocha lisa; como o navio segue pelo mar; como um homem aceita uma doutrina infantil. Semelhante é o caminho da mulher que anseia pelo adultério: ela passa a língua pelos lábios, molha sua boca e diz: "Não fiz nada de errado!". Um telhado com goteiras no inverno é como uma mulher briguen-

361. Anfíon casou-se com Níobe e teve, segundo a tradição de Homero, doze filhos. Níobe vangloriou-se por ter mais filhos do que Latona, deusa que deu à luz Diana e Apolo. Como punição, Ártemis matou as seis filhas e Apolo os seis filhos de Níobe e Anfíon.

362. Trata-se de uma mulher que teria apresentado um comportamento muito inapropriado no tribunal, e esse incidente teria dado origem, no Antigo Direito Alemão, a uma lei proibindo a entrada de mulheres desacompanhadas em julgamentos.

363. Gênesis 39, 7-20: trata-se da esposa de Potifar.

364. Ver notas 73 e 74.

365. Eclesiastes 7, 25-26.

366. Provérbios 30, 21-23.

367. Provérbios 30, 15-16.

ta: quem puxa o arado em companhia dela está no inferno e convive com o diabo. Vasti deixou muitas sucessoras com pouco respeito pelos seus maridos.[368] Calo-me por completo sobre aquelas mulheres que se atrevem a preparar sopinhas como Pôncia[369] e Agripina,[370] ou como as Danaides[371] e Clitemnestra,[372] ou ainda a esposa de Alexandros Pherai,[373] que foi esfaqueado na cama. É raro haver uma Lucrécia[374] ou uma esposa como a de Pórcio Cato.[375] Há muitas mulheres que se entregam à luxúria, pois seguem nas pegadas de Taís.[376]

368. Ester 1, 12-17.
369. Segundo Juvenal (*Sátira VI*), foi uma famosa envenenadora romana.
370. Júlia Agripina (15-59 d.C.) envenenou seu terceiro marido, o imperador romano Cláudio, e assim fez subir ao trono seu filho, Nero, que mais tarde mandaria matá-la.
371. As Danaides são as cinquenta filhas do rei Dánao, que (com exceção de uma) mataram seus maridos no leito nupcial. Após a morte, foram condenadas a tentar preencher eternamente com água um tonel furado.
372. Ver nota 192.
373. Cf. Ovídio, *Ibis*, V.
374. Ver nota 166.
375. Ver nota 191.
376. Nome de diversas cortesãs, cf. Ovídio, *Remedia amoris*.

Muitas superstições são inventadas hoje em dia; o futuro é visto olhando-se para as estrelas; os insensatos confiam plenamente nisso.

[65]

Da observação das estrelas

O palerma é quem promete mais do que tem conhecimento ou capacidade para fazer. Prometer cabe bem aos médicos, mas um néscio promete em um dia mais do que o mundo inteiro conseguiria fazer. As cabeças de todos estão agora cheias do futuro, tentando ver o que nos dizem as estrelas no firmamento e a trajetória dos planetas, ou qual o desígnio de Deus. Todos acham que devemos saber o que Deus planeja fazer conosco, como se as estrelas determinassem algo iniludível a que tudo obedecesse, e Deus não fosse o senhor e mestre, tornando mais leve a vida de uns e mais difícil a de outros, e fazendo com que muitos filhos de Saturno,[377] a despeito disso, sejam justos, caridosos e devotos, enquanto o Sol e Júpiter muitas vezes têm filhos que não estão livres do mal. Não é adequado a um cristão lidar com ciência pagã e observar no curso dos planetas se este dia é bom para comprar, construir, guerrear, casar, para a amizade e outras coisas semelhantes. Todas as nossas palavras e ações, labores e omissões devem vir de Deus e dirigirem-se somente a Ele. Por isso, não crê verdadeiramente em Deus aquele que confia nas estrelas, pensando que certa hora, dia, mês e ano é tão favorável que não se deve começar nada importante, nem antes e nem depois, mas apenas naquele momento, e que se deve abster-se de realizar algo que não está previsto para evitar que ocorra em momento que lhe é nefasto. E quem não possui algo novo, não sai para cantar no Ano Novo, ou quem não coloca em sua casa ramos verdes de abeto considera que não sobreviverá até o final do ano. Os egípcios[378] já acreditavam nisso! Do mesmo modo, quem no Ano Novo não receber algum presente, considera que o ano inteiro lhe será desfavorável. E assim existem superstições de toda espécie, com adivinhações e gritos de aves, com fórmulas mágicas, bênçãos encantadas e livros de

377. O signo de Saturno era considerado funesto, enquanto os signos do Sol e de Júpiter eram vistos como símbolos de sorte.
378. Os egípcios eram considerados muito supersticiosos.

sonhos, com determinações sobre o que procurar sob o luar[379] e como obedecer à magia negra; não há nada que as pessoas não queiram conhecer. Todo mundo jura que nada lhe está faltando, e no entanto falta a todos uma boa medida. Não interpretam apenas o curso das estrelas, mas querem nelas ver até as menores coisas, ainda que seja algo ínfimo no cérebro de uma mosca: o que iremos dizer e aconselhar, como será nossa sorte, qual será o comportamento e a intenção, quais os desejos e a eventual doença - tudo é levianamente profetizado pelos que dizem ler as estrelas. O mundo está tomado pela insensatez e agora acredita-se em qualquer idiota. Muitos presságios práticos[380] e artes divinatórias são agora disseminados com entusiasmo pelas tipografias, que imprimem tudo o que se lhes traz, todas as coisas vergonhosas que são ditas e cantadas. Isso acontece sem qualquer punição: o mundo quer ser enganado! Se agora fosse cultivada e ensinada a ciência sem distorcê-la para o mal e para aquilo que prejudica a alma, seus conhecimentos não seriam maléficos, estariam de acordo com o praticado por Moisés e Daniel e seriam dignos de louvor e de proteção. Agora preveem que o gado irá perecer, como sofrerão danos os cereais e o vinho, quando haverá neve ou chuva, quando haverá bom tempo ou o vento soprará. Os camponeses desejam tais escritos porque obterão maior lucro se mantiverem uma reserva de grãos e vinho até que fiquem mais caros. Na Caldeia, quando Abrão[381] buscou tais conhecimentos ao vasculhar as estrelas, estava sem a luz e sem o consolo que Deus lhe enviara em Canaã. Tem espírito leviano quem fala dessas coisas como se com elas quisesse obrigar Deus a fazer de um jeito e não do modo contrário. Desvaneceu-se o amor e a mercê de Deus, por isso procura-se agora as ciências do demônio. Quando o rei Saul[382] foi abandonado por Deus, clamou pelo diabo.

379. Ver nota 225.

380. Brant refere-se ao estabelecimento de calendários e às previsões meteorológicas.

381. Gênesis 15.

382. 1 Samuel 28.

Quem mede o céu, a terra e o mar e nisso busca prazer, alegria e ensinamento, deve cuidar-se contra a estupidez.

[66]

Da exploração de todas as terras

Não considero muito sábio aquele que emprega ao máximo os seus sentidos e esforços para explorar todas as cidades e terras, empunhando o compasso para que este lhe informe a largura, o comprimento e a dimensão da terra ou a profundidade e extensão do mar; ou ainda diga o que sustenta a última esfera;[383] o que segura o mar no fim do mundo, impedindo que tombe no abismo; se é possível viajar pelas bordas do mundo; que povo vive sob cada meridiano; se há pessoas debaixo de nossos pés ou se nada existe ali e, se existirem, como fazem para ficar na terra e não caírem para o ar; como é possível calcular com uma vara que o mundo pode ser medido de ponta a ponta. Arquimedes[384] tinha grandes conhecimentos sobre isso: na areia fazia círculos e linhas que usava para calcular muitas coisas, e recusou-se a abrir a boca, temendo que, se lhe escapasse uma lufada de ar, ela apagaria os círculos, e em lugar de dizer qualquer palavra, preferiu deixar-se assassinar. Na geometria era muito expedito, e no entanto não conseguiu calcular o seu próprio fim. Dicearco[385] estava empregando grandes esforços para medir a altura das montanhas, e concluiu que Pélion era a mais alta de todas as que havia medido, mas não mediu com as próprias mãos os altos Alpes na Suíça, e tampouco mediu a profundidade do inferno, aonde caiu e no qual ainda deve estar.

383. O círculo mais excêntrico da terra - cf. estampa 66.

384. Arquimedes (aprox.287-212 a.C.) foi um dos mais destacados matemáticos e físicos da Antiguidade, tendo desenvolvido, por exemplo, uma fórmula para calcular a área de um círculo e, a partir dela, chegado a um valor bastante acurado do número pi. Foi morto por engano por soldados romanos que tomaram Siracusa durante a Segunda Guerra Púnica: Arquimedes encontrava-se na praia desenhando círculos na areia e recusou-se a ir embora (uma vez que isso interromperia o curso de suas ideias); irados, os soldados mataram-no, sem saber que aquele idoso era o grande inventor grego que, segundo as ordens recebidas, deveriam poupar de qualquer agressão.

385. Dicearco (350-290 a.C.) foi filósofo e geógrafo grego, discípulo de Aristóteles.

Ptolomeu[386] calculou em graus a longitude e a latitude da terra. A longitude ele traçou do oriente para o ocidente, chegando a cento e oitenta graus. Sessenta e três graus é a latitude a partir do equinócio[387] à meia-noite;[388] ao meio-dia[389] ela é mais estreita, medindo vinte e cinco graus nas terras que foram descobertas. Plínio[390] fez os cálculos usando passos e deles Estrabão[391] fez as milhas. E, não obstante, foram encontradas muitas regiões para além da Noruega e de Tule,[392] como a Islândia e a Lapônia, que anteriormente não eram conhecidas. Depois disso, em toda parte ainda foram encontradas, por Portugal e pela Espanha, ilhas com ouro e pessoas nuas, das quais não se tinha conhecimento antes. Marino[393] usou o mar como fundamento para calcular o mundo e enganou-se terrivelmente; Plínio,[394] o grande mestre, disse que não é sinal de sabedoria quando alguém deseja entender as dimensões do mundo e até ir além, querendo medir o que está atrás do mar. Pois é um grande erro da razão humana pretender sempre medir tudo e não poder medir a si mesmo, e pensar que conhece bem as coisas que o mundo não contém em si. Dizem que Hércules assentou no mar duas colunas de bronze: uma onde começa a África, outra no início da Europa. Ele deu grande atenção aos limites da terra, e não sabia que fim estava reservado para ele próprio; aquele que desprezava todos os prodígios encontrou

386. Ptolomeu (aprox. 85-160 d.C.) foi o mais renomado matemático, astrônomo e geógrafo da Antiguidade. Calculou as dimensões da terra e seu sistema geocêntrico vigorou até o séc. XVI.

387. Antiga designação para o Equador.

388. Em direção do Norte.

389. Em direção ao Sul.

390. Plínio, o Velho (23-79 d.C.), foi um naturalista romano, tendo escrito uma extensa enciclopédia científica em 37 livros, a *Naturalis Historia.*

391. Estrabão (aprox. 63 a.C.- 23 d.C.) foi um geógrafo grego.

392. Ilha lendária que supostamente estaria situada no extremo Norte. Goethe dedicou-lhe o poema "A canção do rei de Thule" (1789), disponível em tradução brasileira (*O livro de ouro da poesia alemã*. Seleção de Geir Campos. Tradução de Guilherme de Almeida. Edição bilíngue. Rio de Janeiro: Ediouro, s.d., p. 67).

393. Marino de Tiro (séc. I a.C.) foi um geógrafo e cartógrafo grego, cujas descobertas foram corrigidas por Ptolomeu.

394. *Naturalis Historia*, vol. II.

a morte devido aos estratagemas de uma mulher.[395] Com grande exército, Baco percorreu as terras do mundo e atravessou o mar;[396] seu propósito era apenas que todos aprendessem a beber vinho, e onde não havia vinho e videiras, ensinou a fazer cerveja e hidromel. Sileno[397] tampouco ficou em casa e viajou no navio dos insensatos, acompanhado de toda sorte de patifes e meretrizes, com muitas diversões e música. Ele deve ter sido um grande beberrão, pois dava-se às mil maravilhas com o vinho, e não precisava se esforçar, já que todos aprendiam muito bem a beber sem que ele precisasse lhes ensinar. Essa vergonhosa folia ainda anda solta por todos os lugares e não são poucos os impudicos sem honra, cujo pai, ao contrário, nunca provou uma gota de vinho. Mas o que sucedeu a Baco? Por fim, teve que afastar-se de seu séquito e partir, e lá onde se encontra agora está bebendo algo que dá mais sede que prazer. Mesmo assim, os pagãos cultuaram-no como deus e em sua honra criaram o dia de Baco,[398] no qual hoje se homenageia após a morte aquele que nos trouxe muito mal. Os maus hábitos sobrevivem por muito tempo e a injustiça tem supremacia, pois o diabo cuida para que seus súditos permaneçam a seu serviço. Por isso voltarei agora para o meu assunto e propósito e pergunto: que necessidade tem o homem de procurar ser algo maior do que é? Ele não sabe que proveito poderia tirar de tão altos conhecimentos, já que não sabe o momento de sua morte, que como uma sombra o persegue pelas costas. Embora esta ciência[399] seja correta e verdadeira, é um grande néscio e tem muito pouco bom-senso aquele que pretende conhecer as coisas longínquas em detalhes e não conhece a si mesmo e nem avalia como aprender a conhecer-se.

395. Hércules morreu ao vestir uma túnica que sua esposa, Dejanira, embebera em uma suposta poção do amor (conforme dissera o centauro Nesso), mas que era veneno.

396. Ovídio (*As Metamorfoses*, III) narra as viagens marítimas de Baco, deus do vinho gerado por Júpiter com a mortal Sêmele.

397. Sátiro que teria criado Baco. Segundo a lenda, Sileno era muito feio, tinha um ventre protuberante e encontrava-se sempre embriagado.

398. Festejo que a Igreja Católica transformou no dia dos Três Reis Magos (6 de janeiro).

399. Brant refere-se à investigação geográfica.

Ele somente busca glória terrena e fama, e não pensa no reino eterno, em quão distante, magnífico e excelso ele é, e em suas muitas moradas. Aquilo que é terreno cega os insensatos e ali eles buscam prazer e alegria, encontrando mais prejuízos do que benefícios. Dos que exploraram terras estranhas e distantes, muitos não descobriram a si mesmos. Quem é sábio faz como Ulisses, que passou muito tempo em viagem e vislumbrou muitos países, povos, cidades e mares, reunindo bons conhecimentos; ou como fez Pitágoras, que nasceu em Mênfis;[400] ou Platão, que viajou pelo Egito e depois rumou para a Itália a fim de ampliar todos os dias sua ciência e sabedoria; e Apolônio,[401] que visitou todos os lugares onde sabia haver sábios e procurou-os diariamente para instruir-se, encontrando sempre com o que aumentar seus conhecimentos. Aquele que agora empreende tais viagens e investigações que promovem sua sabedoria, não obstante faria melhor em passar sem elas, pois não pode servir plenamente a Deus quem é dado a viajar.

400. Filósofo e matemático grego (aprox. 580-496 a.C.), que na verdade não nasceu em Mênfis, mas em Samos.

401. Apolônio de Tiana (viveu no séc. I d.C.) foi filósofo grego e pregador na época do imperador Nero, sendo mais tarde considerado um profeta.

A tolice de Mársias[402] *custou-lhe a pele; ele sofreu mísera derrota e teve que voltar a tocar sua gaita.*[403]

402. Segundo a lenda, o tocador de flauta Mársias desafiou o deus Apolo para que tocasse na lira uma música mais bela do que a sua. Derrotado, Mársias foi pendurado em uma árvore e esfolado.

403. A gaita serve aqui de símbolo da insensatez.

[67]

Não querer ser insensato

Todos os insensatos têm a característica de não querer ser objeto de troça. Foi por esse motivo que Mársias, o bobo, perdeu o couro.[404] A estupidez é tão cega que os tolos comumente estão convencidos de ter grande sabedoria. Quando alguém ri deles, ou os provoca com brincadeiras, ficam sérios e insistem em parecer sábios até que a gaita de fole lhes caia para fora da manga.[405] Quem dispõe de grandes posses tem muitos amigos e estes se empenham em ajudá-lo a pecar. Cada um procura um meio de esfolá-lo. Isso dura até que fique pobre, e então ele diz: "Oh! Que Deus tenha misericórdia! Quantos buscavam a minha companhia! E agora não há amigo algum que queira me consolar! Se tivesse sabido disso antes, ainda seria rico e não desprezado!" Sem dúvida é uma grande insensatez dissipar em um ano aquilo com que se poderia viver até o fim dos seus dias. Tolice é esbanjar com opulência, acreditando que sua jornada de trabalho logo estará concluída, e depois ver-se transformado em mendigo. Quando então estiver cercado de desprezo, penúria, zombaria e miséria, e andar pelas ruas com as roupas em andrajos, sem poder proteger-se do frio, será tomado pelo remorso. Aquele que conquista amigos com as propriedades que irá perder é mui bem-aventurado se os amigos permanecerem a seu lado quando tudo se desvanecer. No mundo há muitos néscios que se comportam de forma insensata; se fossem esfolados, nada haveriam de entender e apenas abanariam as orelhas. São completos paspalhos, mas esperam que se lhes reconheçam a sabedoria! Agem como bobos e ninguém aprecia suas maneiras. Por isso, muitos companheiros dizem do insensato: "O tolo gostaria de fazer tolices, mas sequer sabe como agir! É realmente um néscio sem valor algum!" É uma coisa estranha sobre a terra o fato de muitos quererem ser sábios, mas só fazendo disparates; e acreditam que deveriam receber elogios, quando na verdade deles se

404. Ver estampa 67.

405. As mangas eram amplas e era usual serem utilizadas para carregar objetos.

diz: "Eis uma completa estupidez!" Há muitos idiotas que nasceram de cucos e têm a pretensão de falar com bom-senso, embora seu juízo esteja roto e despedaçado; pensam estar entre os sábios, mas estão com os tolos. Ainda que triturássemos um tolo, como pimenta em um pilão, e continuássemos triturando-o por anos a fio, ele permaneceria tão insensato quanto antes.[406] Cabe dizer que todos os néscios são parentes tanto do disparate quanto da ilusão. Não são poucos os que de bom grado se deixariam amarrar pelas mãos e pés e concordariam em ser esfolados, se disso pudessem extrair algum dinheiro e recebessem montes de ouro em casa. Eles também concordariam em ficar acamados, desde que sofressem da enfermidade dos ricos,[407] e aceitariam ser chamados de mandrião se fossem compensados com rendimentos e juros. Ninguém se contenta com pouco: quem tem muito, quer ainda mais. Da riqueza nasce a altivez, da riqueza raramente provém humildade. O que seria da porcaria se não fedesse? Muitos estão sozinhos e não têm filhos, irmãos ou amigos íntimos, mas não se cansam de trabalhar e seus olhos não se satisfazem com a riqueza, por maior que seja; eles jamais pensam: "Para quem estou trabalhando? Para quem eu, idiota e insensato, estou economizando?" Deus dá a alguns riqueza e honrarias, e à sua alma falta apenas que Ele lhe conceda precisar delas no momento certo e desfrutar com comedimento daquilo que está economizando, caso contrário isso será dissipado mais tarde por algum estranho sem escrúpulos. Tântalo[408] está cercado de água fresca, mas não pode matar a sede; pode ver belas maçãs, mas não se satisfazer com elas. De tudo ele se abstém.

406. Provérbios 27, 22.

407. Trata-se da gota.

408. Tântalo cometeu diversas injúrias contra os deuses, sendo condenado no Hades a permanecer eternamente sedento e esfomeado, embora tivesse bem defronte de si água e frutas, as quais escapavam de suas mãos quando tentava alcançá-las.

Quem se ocupa com crianças e parvos não deve aborrecer-se com seus gracejos, caso contrário figurará entre os tolos.

[68]

Levar as brincadeiras a mal

Insensato é aquele que não percebe quando fala com um insensato; está sempre aguerrido e troca injúrias com um bêbado, quer gracejar com crianças e néscios, mas leva a mal as brincadeiras disparatadas. Quem quer acompanhar caçadores, há de perseguir a caça; quem quer jogar boliche, há de arremessar a bola; há de uivar quem está em meio aos lobos, e há de dizer "Estou mentindo!" se pensar que não tem falhas. Falar por falar é o que fazem os bobos, e, para eles, fazer o bom passar por mau tem grande valor. Quem faz o mau passar por bom sempre terá fartura do mau em sua casa; quem ri para que outro chore será atingido pela mesma coisa muito antes do que possa pensar. Um sábio gosta de estar entre sábios; um parvo prefere a companhia de parvos. Que um insensato não goste de ninguém deixa evidente a sua arrogância. Será maior o desgosto do tolo ao ver outros adiante, do que sua alegria ao ver-se admirado e seguido pelos demais. Para que não haja dúvidas sobre minha opinião, afirmo: o arrogante gosta de ser o único senhor. Hamã[409] não encontrou grande satisfação na reverência que recebia de todos; estava tomado de agonia porque Mardoqueu não o venerava. Não há necessidade de tentar encontrar os insensatos, pois eles são facilmente identificados por suas obras. Quem é sábio (como todos deveriam ser) mantém-se distante dos néscios.

409. Ester 3, 2.

Quem arremessa a bola para cima e não acredita que ela voltará ao chão, acabará enfurecendo a todos ao redor.

[69]

Querer praticar o mal sem sofrer consequências

Insensato é quem faz para o outro aquilo que não aprova da parte de ninguém. Que cada um cuide de fazer aos outros o que aceita que lhe retribuam. Aquilo que alguém grita na floresta é o que sempre ecoará ao seu encontro; quem empurra os outros para dentro do saco, que espere receber uma bofetada em troca.[410] Aquele que indica as falhas de todos os demais, também ouvirá falar muitas vezes das suas próprias. O que Adoni-Bezeque[411] destinava a outros foi-lhe concedido; o próprio Perilo[412] cantou dentro da vaca que havia preparado para outrem; algo semelhante deu-se com Busíris,[413] Diomedes[414] e Falaris;[415] alguém que cava um buraco acaba caindo ele próprio dentro dele.[416] Hamã preparou para outro uma forca e nela foi enforcado.[417] Confia bastante em todos, mas sê cauteloso e cuida de tua segurança! A verdade é que agora a lealdade é traiçoeira. Cuida de olhar o que há por trás de cada um: quem é muito crédulo sofre muitos prejuízos. Não comas com um invejoso;[418] jamais te sentes à mesa com ele, porque a partir desse momento ele já estará calculando algo em que tu nunca pensaste. Ele diz: "Amigo, come e bebe comigo!" Mas o seu coração está longe de ti, como se dissesse: "Se comeres minha comida será como se um ladrão a roubasse de mim!" Sempre há aqueles que sorriem para ti, mas no íntimo prefeririam arrancar-te o coração.

410. Ver estampa 69.

411. Juízes 1, 6-7.

412. Perilo presenteou um touro de bronze ao tirano Falaris de Agrigento (séc. VI a.C.), na Sicília, para que este submetesse seus inimigos à tortura de morrerem queimados dentro do touro. Os gritos dos supliciados soariam, para quem estivesse do lado de fora, como mugidos de gado. Ao final, tanto Perilo quanto Falaris pereceram queimados dessa forma.

413. Conforme uma lenda grega (relatada por Ovídio em *Ars Amatoria I*), Busíris teria sido um faraó egípcio que sacrificava todos os estrangeiros aos deuses, sendo morto por Hércules quando este foi preso e conduzido ao lugar de imolação.

414. Rei da Trácia que alimentava seus cavalos com carne humana, acabando por ser devorado por eles (ver *As Metamorfoses*, IX, de Ovídio). A derrota de Diomedes integra o oitavo trabalho realizado por Hércules.

415. Ver nota 412.

416. Provérbios 26, 27.

417. Ester 7, 10.

418. Provérbios 23, 6-7.

No verão tens de usar o forcado se não quiseres passar fome no inverno e ver os ursos dançando.[419]

419. A fome era usada como meio para sujeitar os ursos e fazer com que aprendessem a dançar.

[70]

Não ser previdente

Pode-se encontrar muito palerma desprezível que é tão moroso e indeciso que nunca chega a terminar qualquer das coisas que começa. Nada inicia no momento adequado, nada guarda até o dia seguinte, e é tão preguiçoso que nunca pensa naquilo de que precisa e o que tem que preparar para um momento de necessidade. Mesmo quando chega esse momento, não planeja para todas as horas, não se preparando para além do que está bem à frente do nariz. Só aquele que no verão providencia com afinco aquilo de que carecerá no inverno eu chamo de homem sábio;[420] quem transpõe o verão a dormir e descansar ao sol há de passar por maus bocados no inverno; terá que chupar os próprios dedos[421] e suportar o sofrimento da fome. Quem não produz feno no verão há de lamentar-se muito no inverno; com a corda enrodilhada, pede aos gritos que alguém lhe venda feno.[422] O mandrião não gosta de arar no inverno[423] e no verão fica a mendigar, tendo de suportar momentos difíceis: pede muito e pouco consegue. Aprende, insensato, e torna-te como uma formiga![424] Sê previdente no tempo bom para não teres de suportar a miséria enquanto as outras pessoas se divertem e têm alegrias.

420. Ver Provérbios 10, 5.

421. Acreditava-se que os ursos, durante o período de hibernação, sugavam suas patas para extrair-lhes a gordura.

422. Ver estampa 70.

423. Brant acompanha o que está dito em Provérbios 20, 4, a despeito do descompasso entre as condições climáticas na Palestina (onde a terra é arada no inverno) e na Alemanha (onde no inverno os campos estão cobertos de neve e não é possível plantar).

424. Provérbios 6, 6.

Muitas vezes é arranhado pelo rastelo aquele que briga como uma criança, querendo tornar cega a Verdade.[425]

425. Esta estampa representa a Verdade, ou Justiça, com olhos vendados.

[71]

Brigar e levar querelas ao tribunal

Falarei agora dos insensatos que em qualquer assunto querem demandar em juízo. Eles não aceitam chegar a um acordo e nunca evitam o conflito. A fim de prolongar o processo e fugir da justiça, fazem com que sejam citados, rogados, exortados, advertidos, execrados com os sinos[426] e proscritos, na esperança de burlar a lei, para que esta fique vergada, como um nariz de cera. Eles não percebem que são a lebre que está nadando no molho apimentado dos escrivães. Juiz, delegado, procurador, defensor e demais mandatários querem também ver em cima da mesa uma boa porção de peixe. Estes podem, então, distender bastante o processo e envolver com suas redes o belo assado, fazendo a pequena disputa virar uma grande contenda, e um fio de água tornar-se um córrego. Então será necessário pagar oradores caros e trazê-los de terras longínquas para que distorçam adequadamente as coisas e com seu palavreado enganem o magistrado. Depois será preciso alongar bastante os prazos para que os honorários sejam engordados e se gaste em viagens inúteis e banquetes mais do que vale o caso em si. Muitos ganham em processos mais do que seu soldo diário, e pensam poder cobrir os olhos da verdade e impedir que o julgamento termine em pouco tempo. Quisera eu que aqueles que gostam de querelar no tribunal tivessem a bunda escovada com um pesado rastelo.

426. A sentença de desterro era anunciada pelos sinos da igreja.

As palavras rudes e obscenas podem causar irritação; balançar com muita força o sino da porca[427] *costuma trazer transtornos aos bons costumes.*

427. A expressão "balançar o sino da porca" significa dizer obscenidades e coisas indecorosas.

[72]

Dos insensatos grosseiros

São Grosseirão[428] é um novo santo, que agora todos querem cultuar com gestos e palavras obscenas e vulgares, buscando fazer pilhérias, mas conseguindo apenas ser toscos. O Senhor Decoro está morto e enterrado: os atoleimados seguram a porca pelas orelhas e sacodem-na, fazendo com que seu sino toque e ela cante uma canção suja. A porca agora dirige a dança e segura com o rabo o navio de insensatos para que não afunde pelo seu peso, o que causaria uma grande tristeza na terra. Se os tolos não se encharcassem de vinho, ele não custaria mais do que uns centavos, mas agora a porca tem cria volumosa e o populacho rude suplantou a sabedoria, não deixando ninguém no jogo de damas: a porca é a única que traz uma coroa. Aquele que sabe tocar bem alto o sino da porca há de ir sempre adiante. Quem agora consegue realizar artes como as do padre de Kahlenberg[429] ou do barbudo monge Eilsam,[430] pensa estar participando de uma boa viagem de combate. Muitos agem e falam de uma maneira que, se fossem vistos ou ouvidos por Orestes, causariam espanto até a ele, que havia perdido totalmente o juízo.[431] Senhor Acanhado não distingue mais nada e isso aconteceu porque os camponeses estão todos bêbados. Senhor Malcriado abre o baile com Beberrão e

428. O termo empregado por Brant, "Grobian", surgiu como tradução da palavra latina "rusticus", usada para designar camponeses rudes, grosseiros, sem modos. Nos séc. XV e XVI desenvolveu-se inclusive um gênero literário, denominado de "Grobianismus", constituído de sátiras do indivíduo inculto e tosco. O objetivo dessa literatura era o aprimoramento dos costumes, mediante a ridicularização dos que se comportavam de modo inapropriado (à mesa, por exemplo). Além do próprio Brant, destacaram-se nesse gênero Hans Sachs, Johann Fischart e, em especial, Friedrich Dedekind com sua obra *Grobianus - De morum simplicitate libri duo* (1549).

429. No séc. XV foram anotadas as histórias sobre um padre de Kahlenberg, aldeia na região de Viena, que contava anedotas e fazia traquinadas cômicas.

430. Figura grotesca da epopeia alemã medieval *Rosengarten* (séc. XIII), cuja temática retoma a história de Kriemhild e do herói Siegfried, que matou um dragão e encontrou o tesouro dos Nibelungos (em português: *A canção dos Nibelungos*. Tradução de Luís Krauss. São Paulo: Martins Fontes, 1993.). Ver também nota 200.

431. Orestes enlouqueceu após assassinar a mãe, Clitemnestra. Ver nota 192.

Desfaçatez. Todos os tolos querem agir como porcos para não perder suas latas cheias de banha de burro.[432] A lata de burro só raramente se esvazia, embora todos queiram dali tirar algo para engraxar suas gaitas.[433] A grosseria agora se espraia tanto que já mora em quase todas as casas, ficando pouco espaço para o bom-senso. Tudo o que agora se fala ou escreve veio daquelas latas. Especialmente quando perdulários se reúnem, a porca recita as Matinas:[434] a Prima é entoada em tom de burro; a Tércia é de São Grosseirão; Bronco canta então a Sexta e seu texto é repleto de asperezas; a rude plebe assiste à Noa, à qual também comparecem pândegos e crápulas; em seguida a porca profere as Vésperas, acompanhadas do canto de Imundo e Sem-Vergonha; e termina-se com as Completas, em que o coro faz ouvir o "Todos estão plenos!". A banha de asno nunca para, sendo inclusive misturada à gordura de porco: um, que deseja ter um companheiro, esfrega-a no outro, que gostaria de ser grosseiro e não consegue. Não são poupados nem Deus nem a honestidade: fala-se de todas as vulgaridades, quem for o mais obsceno é presenteado com uma taça de vinho. A casa ressoa, todos riem e fazem algazarra, pedindo-lhe que conte mais uma insolência. Gritam-lhe: "Esta é uma boa piada; ela nos faz passar bem o tempo!" Um néscio grita em direção do outro: "És um bom companheiro! Muito divertido! *Feti gran schier, e belli schier*![435] Que outra alegria temos na terra a não ser a diversão em boa companhia? Por isso, vamos alegrar-nos, encher a barriga e gritar! Temos pouco tempo na terra: que ele seja cheio de prazer; uma vez mortos, não teremos mais nenhum momento de alegria! Nunca soubemos de alguém que retornasse do inferno e nos contasse como as coisas são por lá! Aproveitar uma boa companhia será porventura um

432. Ver o capítulo "Da insolência contra Deus".

433. A gaita de fole tocada pelo insensato.

434. Trata-se das horas canônicas, que estabeleciam oito horários de preces para mosteiros e conventos: Matinas (às três da madrugada), Laudes (ao amanhecer), Prima (sete da manhã), Tércia (nove da manhã), Sexta (meio-dia), Noa (três da tarde), Vésperas (pôr do sol) e Completas (antes de dormir).

435. A frase está em francês adulterado. O correto seria: *Faites grande chère et belle chère* ("Faze um grande e adorável divertimento").

pecado? Que os padres falem o que quiserem! Que maldigam isso e aquilo! Se fosse tão pecaminoso quanto escrevem, eles próprios não o fariam! Se o padre não falasse do diabo, e o pastor não se queixasse dos lobos, nada ganhariam." Estas são as palavras e o sentido dos imbecis que vivem em companhia da ralé grosseira, para opróbrio do mundo e de Deus, e que no final serão eles próprios as vítimas do escárnio.

Muitos desejam tornar-se clérigos e vestir os hábitos da Igreja e do convento, mas mais tarde cobrem-se de remorso.

[73]

Entrar para o clero

Há mais uma coisa que agora é corrente. Ela também tem o seu assento no navio dos parvos e dela todos se servem: cada camponês quer ter um padre na família para que seja sustentado pelo ócio, viva sem trabalhar e seja um cavalheiro. Não que ele busque isso por devoção ou por preocupação em salvar a alma; apenas gostaria de ter alguém que pudesse alimentar seus irmãos. E poucas vezes deixa que ele estude, pois diz: "Disso ele já sabe o suficiente! Não é necessário buscar mais conhecimentos. A única coisa que importa é que ele obtenha uma prebenda!" Tem-se o sacerdócio em baixa estima, como se fosse algo leve. Por isso, hoje encontramos muitos jovens sacerdotes que sabem tanto quanto os símios, e vemos cuidando das almas aqueles a quem não confiaríamos sequer uma rês. Eles sabem conduzir uma igreja tão bem como o burro do moleiro sabe tocar alaúde. Os bispos são os culpados disso, pois apenas deveriam permitir que recebessem as ordens sacras e a incumbência de cuidar de almas alguém que fosse realmente digno, que se tornasse um pastor sábio e não levasse as ovelhas consigo para o mau caminho. Mas agora os jovens bonifrates só ficam a pensar que, se se tornassem sacerdotes, todos teriam o que desejam. No entanto, nem tudo o que reluz é ouro. Muitos sujam suas mãos ao se consagrarem ao sacerdócio quando jovens para mais tarde amaldiçoarem a si mesmos por não terem esperado por mais tempo. Muitos deles viviam como mendigos; se tivessem tido rendimentos suficientes antes de abraçar o sacerdócio, não teriam ido tão longe.[436] Muitos são consagrados a pedido de senhores nobres ou por causa desta ou daquela mesa,[437] da qual em verdade pouco aproveitam. As nomeações são recíprocas,[438] para que cada um possa ter um título. Acreditam estar enganando o bispo, mas eles apenas iludem a eles mesmos sobre sua ruína.

436. O autor critica a entrada para o sacerdócio daqueles que não possuem de antemão um cargo ou que não usufruem de renda própria.
437. Trata-se da prebenda de mesa, que custeia refeições.
438. Brant refere-se à troca de cartas de nomeação.

Não há gente mais pobre sobre a terra do que o clero sem sustento. Ele tem despesas em toda parte: bispo, vigário e fiscal, o senhor feudal,[439] seus próprios amigos, a governanta e os filhos pequenos, que são os que o empurram com mais força para que entrem na nau dos insensatos e se esqueçam de todas as alegrias. Ah, Deus! Alguns dos que celebram missa fariam bem em abster-se disso e nunca tocar no altar, pois Deus não aceita nossas oferendas se elas forem realizadas em pecado e com pecado. A Moisés[440] disse Deus, nosso Senhor: "Que todos os animais se mantenham afastados e não toquem o monte sagrado para que não venham grandes calamidades!" Lá onde Uzá tocou a arca, morreu fulminado;[441] Coré pereceu com Datã e Abirão após tocarem o incensário.[442] A carne consagrada pode apetecer a muitos; quem se aquece junto ao carvão quente do mosteiro pode ao final encontrar o fogo do inferno. É fácil pregar para pessoas sensatas! Agora, muitas crianças são atiradas para dentro das ordens antes de se tornarem homens, antes de entenderem se isso lhes é bom ou desvantajoso; estão afundadas na caldeirada de néscios. Ainda que as boas práticas tragam grande benefício, muitos passam seus dias a lamentar sua condição, amaldiçoando todos os que são a causa de se terem ordenado. Muito poucos são os que hoje entram no monastério em uma idade na qual possam isso entender; só um punhado vai pelo amor a Deus; a maioria apenas para ganhar o sustento. Eles não respeitam a vida espiritual e cumprem tudo sem devoção, especialmente nas ordens em que não se manteve a observância.[443] Esses gatos monásticos são especialmente vivazes e não há corda que consiga prendê-los. O melhor para tal monge seria não pertencer a ordem alguma do que permanecer nela e agir indevidamente.

439. Trata-se da relação de vassalagem entre senhor feudal e feudatário.
440. Êxodo 19, 12-13.
441. 2 Samuel 6, 7.
442. Números 16.
443. A referência é a um antigo conjunto de regras das ordens religiosas.

A caça traz grandes despesas e muitos não tiram grande proveito dela, embora saibam numerosos ditos de caçador.

[74]

Das caças inúteis

Também a caça não é isenta de desatinos, pois muito tempo é perdido com ela inutilmente. Embora seja divertida e agradável, exige grandes despesas: não se enche a boca do podengo, galgo, mastim ou braco com ar; e, assim como os cães, falcões e outras aves de rapina trazem pouco proveito e custam caro. Se não se conseguir caçar nenhuma perdiz ou lebre, mesmo assim ela custará uma libra ao caçador. Além disso, é necessário ter muito tempo para correr, andar ou cavalgar atrás da presa, procurando-a nas montanhas, vales, bosques e sebes, e permanecendo oculto, de tocaia, à espera. Muitos espantam mais do que caçam, pois não sabem fazer o cerco. Outros trazem lebres que compraram no mercado. Alguns querem ser corajosos e se atrevem a ir atrás de leões, ursos e javalis, e até mesmo a fazer escaladas para ir ao encalço da camurça, mas a única coisa que conseguem é receber seu derradeiro troféu. Os camponeses caçam agora na neve, desrespeitando o privilégio dos nobres: enquanto estes passam longas horas procurando pelo cervo, o camponês já o vendeu às escondidas. Ninrode,[444] o primeiro caçador, aparentemente foi abandonado por Deus. Esaú[445] caçava porque era um pecador e tinha se esquecido de Deus. É difícil encontrar caçadores como Humberto e Eustáquio,[446] que desistiram de caçar para servir a Deus.

444. Gênesis 10, 9.
445. Gênesis 25, 27.
446. Ambos teriam sido convertidos durante uma caçada.

Se quiseres atirar, mira e acerta! Se errares, o tiro atingirá a nau dos insensatos.

[75]

Dos maus atiradores

Se isso não incomodar os atiradores, gostaria de organizar uma disputa de tiro para os tolos, erguendo um alvo na beira do mar,[447] e quem aí errasse teria do que se lamentar. Seriam oferecidos prêmios: quem atirasse mais próximo do alvo seria o ganhador, caso não houvesse empate. Por isso, ele não deve alvejar o chão ou as alturas, mas apenas o alvo, se quiser atingir o ponto de mira, e não pode ter pressa em disparar. Muitos atiram a flecha excessivamente para o alto, quebrando o arco, a corda e o gatilho da besta;[448] outros, quando retesam a corda, deixam-na escorregar; a coronha de uns se desloca; a besta de outros dispara sem que nela eles tenham tocado, o que se deve ao fato de a corda estar engordurada; este não encontra o alvo na mesma posição de antes e não consegue mais orientar-se; aquele deu muitos tiros, mas errou tantos que terá de contentar-se com a porca,[449] enquanto outros, ao final, devem atirar para conseguir desempatar. Não há atirador no mundo que não diga que lhe falta alguma coisa, ora isso, ora aquilo, para ter uma desculpa que salve sua honra: se aquilo não tivesse falhado ele certamente teria sido o vencedor. Fora isso, ainda conheço atiradores que ouvem dizer que longe dali há uma competição; nessa época, para lá dirigem-se pessoas de todas as regiões, as quais são as mais hábeis que se pode encontrar, e das quais jamais se poderia ganhar, a não ser que se acertasse todos os tiros no alvo. Ora, sei de muitos insensatos que sabem que nada irão ganhar e mesmo assim têm a empáfia de ir para lá e também tentar a sua sorte. Eu preferiria o dinheiro que investiram[450] a ficar com a sua parte do prêmio.

447. Ver estampa 75.

448. Arma medieval muito usada por caçadores. A besta, ou balestra, reúne as características tanto do arco quanto do rifle.

449. A título de consolo, era usual oferecer-se uma porca ao perdedor. O valor dela era inferior à taxa de inscrição no torneio.

450. O autor refere-se à taxa que os competidores pagavam para poder participar da competição. A ideia é que essa taxa é maior do que o prêmio, já que o insensato certamente perderá.

De jogos de azar nem quero falar: a porca ficará gritando em sua manga! Muitos alvejam a sabedoria, mas poucos atingem o alvo, e isso porque não apontam na altura certa: uns miram muito baixo, outros muito alto; esse perde a visada, aquele quebra a coronha e atira como Jônatas,[451] e outro perde a alavanca.[452] Quem aspira a realmente atingir a sabedoria, necessita de setas do tipo das que Hércules possuía e com as quais acertava todos os alvos que desejava: tudo o que ele mirava caía morto ao chão.[453] Quem quer atirar com sabedoria deve mirar seu objetivo com bom-senso e equilíbrio, pois, se falhar ou errar, o disparo irá alcançar os tolos. Quem deseja atirar e acaba perdendo o tiro, irá levar em sua manga a porca para casa. Quem almeja caçar, atirar e competir, terá poucos benefícios e muitos gastos.

451. 1 Samuel 20, 36: Jônatas atirou uma flecha para além do alvo.

452. A alavanca é a peça que prende a corda, sendo solta pelo gatilho.

453. Hércules tornou suas flechas infalíveis ao mergulhá-las no sangue da Hidra de Lerna (cf. Ovídio, *As metamorfoses*, XIII).

Cavaleiro Pedro de Outrora, mereces que te puxe as orelhas. Tenho a impressão de que ambos somos néscios, ainda que tu uses esporas de cavaleiro.

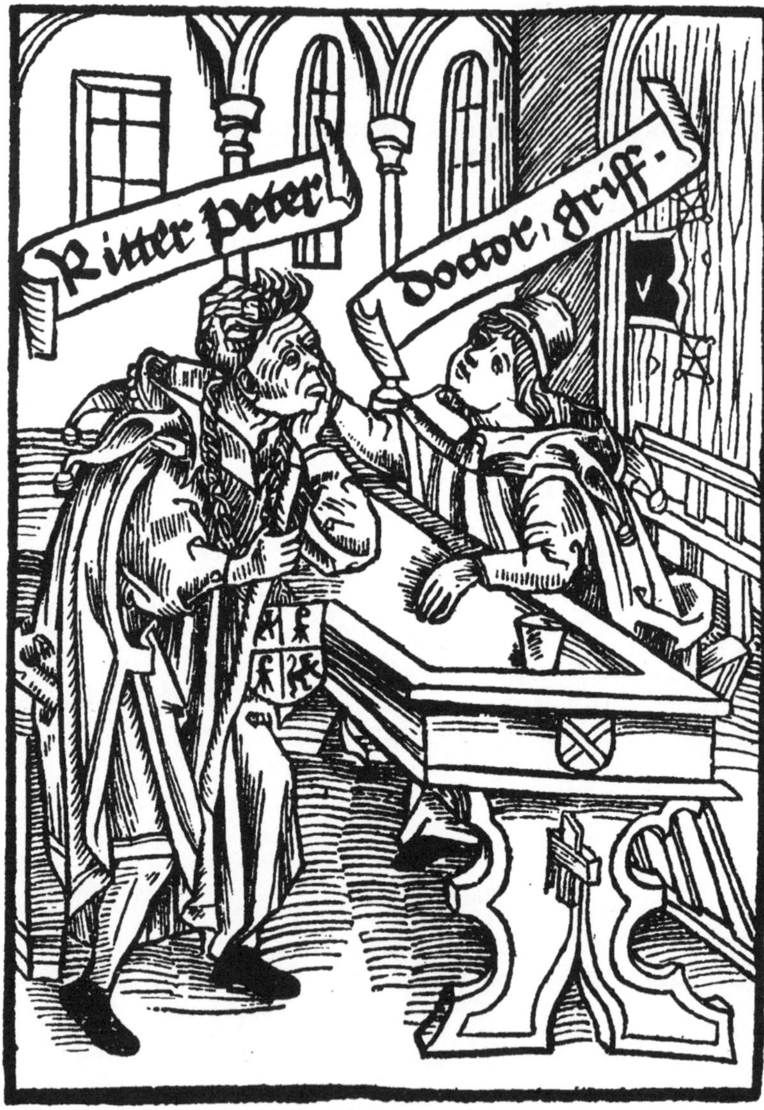

Texto na estampa: "Cavaleiro Pedro – Doutor Grifo" (ver página 20).

[76]

Das grandes bazófias

Trago aqui também os palermas que se vangloriam de grandes feitos, que querem ser o que não são e pensam que o mundo inteiro é cego, não os conhecendo nem reconhecendo. Muitos querem passar por nobres, embora seu pai tenha empunhado o martelo e trabalhado como tanoeiro, ou ganhado a vida lutando com varas de ferro[454] ou corrido com uma lança de judeu[455] e com ela derrubado muitos ao chão. Deseja ser chamado de fidalgo, como se ninguém conhecesse seu pai, e que lhe digam "Mestre João de Mainz" e a seu filho, "Barão Vicente".[456] Muitos se vangloriam de grandes façanhas, cada uma maior do que a outra, e no entanto são paspalhos da cabeça aos pés, como o Cavaleiro Pedro de Pruntraut,[457] que deseja ser chamado de cavaleiro porque esteve na batalha de Murten,[458] mas lá teve uma vontade de fugir tão grande que enlameou as calças a ponto de até a camisa precisar ser lavada. Mesmo assim, ele ostenta o escudo e o elmo para mostrar que é fidalgo: traz um falcão da cor de uma garça, e no elmo um ninho com ovos que um galo na gaiola se dispõe a chocar. Há muitos desses patetas que querem receber grandes honras por terem ficado à frente: quando chegou o momento de fugir, ficaram a olhar para trás para ver se alguém os seguia. Alguns se jactam de suas habilidades de combate, contando proezas de como derrotaram um com a espada e como abateram outro com o mosquete, embora estivesse a uma distância tão gran-

454. "Espadachim com vara de ferro" eram chamados os comerciantes que negociavam objetos penhorados, os quais podiam ser adquiridos com preço reduzido.

455. A lança representa aqui a prática da usura.

456. João e Vicente eram nomes comuns nas camadas mais populares. A referência à cidade de Mainz é irônica, pois seus habitantes tinham fama de farsantes e mentirosos.

457. Trata-se provavelmente de personagem fictício. O nome é corruptela de Porrentruy, localidade francesa cujos habitantes eram malvistos na Basileia por terem-se aliado a Carlos o Temerário, último Duque de Valois da Borgonha, em guerras de disputa de território.

458. Na batalha travada em Murten (1476), os confederados suíços derrotaram Carlos, o Temerário.

de que tiro algum poderia alcançar alguém. Muitos anseiam por ter um nobre brasão de armas com muitas garras de leão, elmo coroado e fundo de ouro: estes são da nobre linhagem de Bennefeld.[459] Muitos alcançaram a condição de nobres por meio de suas esposas, cujos pais viviam em Ruprechtsau;[460] não são poucos os que levam o brasão de sua mãe, pois se equivocam em relação ao pai. Muitos possuem bons títulos e sinetes, como se fossem de sangue fidalgo: eles alardeiam ser os primeiros que, de direito, são nobres em sua linhagem. Tal coisa eu não desabono e tampouco exalto: afinal, de virtuosos sentimentos é composta toda a nobreza. Tomo por nobres somente aqueles que guardam a moral e os costumes. E quem não tem virtude, austeridade, decência, honra e bons modos está privado de toda a nobreza, ainda que seu pai seja um príncipe. A nobreza apenas persiste na virtude; da virtude provém toda a nobreza. Dizem ser doutores muitos que nunca viram o Sixto nem Clementina, Decreto Gratiani ou Digesto de Justiniano,[461] importando-se apenas em ter um rolo de couro de burro[462] no qual está escrito seu direito: o pergaminho indica tudo o que ele sabe e que é muito bom em tocar a gaita dos tolos. Por isso está aqui o Dr. Grifo, um homem com grande erudição e sabedoria, que a todos agarra pelas orelhas e sabe mais do que muitos doutores. Ele esteve em muitas universidades, de terras próximas e distantes, onde não transita nenhum dos insensatos que por força quer ser doutor. A eles também devemos chamar de doutor porque usam uma beca vermelha e sua mãe é um símio. Ainda sei de mais um, cujo nome é João Imundo, que quer convencer a todos de que esteve na Noruega e na Suécia, em Argel e em Granada, e onde Judas perdeu as botas, mas ele nunca chegou a ir tão longe: se

459. Bennefeld é uma pequena aldeia próxima a Estrasburgo, sendo referida aqui em sentido irônico, pois remete ao campesinato (e não à nobreza).

460. Ruprechtsau, nas imediações de Estrasburgo, era uma aldeia muito pobre na época de Brant. Mais tarde ela é mencionada na sátira *Narrenbeschwörung* [*A evocação dos insensatos*] (1512), de Thomas Murnau, como lugar onde as mulheres perdiam sua boa reputação.

461. Trata-se das principais fontes do Direito Romano.

462. Os diplomas de doutor eram confeccionados com pele de burro.

em casa a sua mãe fez panquecas ou salsichas, de onde estava ele sentiu o cheiro e ouviu os estalos na frigideira. As bravatas na terra são tantas que não podem ser contadas, pois todos os insensatos se vangloriam de ser o que não são.

Muitos têm tamanha ânsia de jogar que não querem saber de outra coisa e não pensam naquilo que estão perdendo.

[77]

Dos jogadores

Eu continuo encontrando muitos idiotas estúpidos que somente encontram satisfação no jogo e acreditam ser impossível viver sem ele. Passam dia e noite jogando cartas e dados sem parar. Ficam sentados durante a noite inteira sem dormir ou comer, mas precisam ter um trago à mão, pois o jogo inflama o fígado e eles ficam ressecados e sedentos. Na manhã seguinte isso fica claramente à vista: as faces de um assemelham-se a uma pêra amarelada e macilenta, o outro está a vomitar atrás da porta, um terceiro está com a cor como se tivesse acabado de retornar da sepultura, ou então seu rosto brilha como o do aprendiz de ferreiro antes de ter-se lavado. Sua cabeça está tão pesada que boceja o dia inteiro, como se quisesse apanhar moscas. Se algum deles pudesse ganhar um monte de ouro ficando uma hora no sermão sem poder dormir, esconderia a cabeça sob o casaco esperando até o pregador terminar. Mas no jogo, embora fique sentado por muito tempo, não dá atenção ao sono. Muitas mulheres também são tão cegas que se esquecem de quem elas são e, a despeito de todas as proibições, sentam-se junto com os homens, ficando à vontade e sem a timidez ou pudor natural de seu sexo, e jogam e arremessam os dados, não se importando se é cedo ou tarde, o que não convém às mulheres. Elas deveriam estar lambendo o fuso[463] ao invés de se meterem a jogar em companhia dos homens. Se cada qual jogar com seus iguais, não terá motivo para sentir vergonha. Quando o pai de Alexandre[464] expressou seu desejo de que ele participasse de competições, já que o menino era muito rápido na corrida, este respondeu: "É correto que eu aja conforme a vontade e a ordem de meu pai, e certamente, de bom grado correrei em disputas com reis; portanto, basta uma palavra e eu estarei disposto a competir com meus iguais!". Agora a situação chegou ao ponto de os padres, nobres e burgueses sentarem-se ao lado de al-

463. Ao fiar com a roca, a fiandeira costuma lamber o fio para que ele grude no fuso.

464. De acordo com Plutarco, *A vida de Alexandre*, cap. 4.

coviteiros, que não são seus iguais na reputação. Acima de tudo, os clérigos não deveriam participar dos gracejos e dos jogos dos leigos; bastaria que se lembrassem que entre eles sempre houve inimizade e um ódio antigo. A inveja que mora dentro deles é estimulada ao ganhar ou perder, especialmente porque estão proibidos de jogar cartas e dados em qualquer circunstância. Quem apenas se diverte com o jogo, raramente pode ser derrotado; está livre de preocupações quanto a perder e quanto a ser vítima de maldições e invocações danosas. Se tiver que dizer o que convém a um bom jogador, deixarei falar Virgílio,[465] que afirma sobre essas mesmas questões: "Repudia o jogo em todas as horas para que não te perturbem a ganância e a inveja, pois do jogo nasce uma ânsia disparatada que destrói por completo a sensatez em ti. Vós, intrépidos, protegei vossa honra para que o jogo não a ponha a perder! Um jogador deve ter dinheiro e coragem, e em caso de derrota, aceitar a perda, não devendo proferir insultos irritados, maldições e imprecações. Quem possui dinheiro que fique à espreita da boa sorte, pois muitos entram no jogo com o bolso pesado e saem pela porta com ele leve. Quem joga com a expectativa de uma grande vitória, só raramente encontra o que desejava. Quem se abstém de jogar vive em tranquilidade; quem joga está fadado a perder. Quem quer apostar em todas as tavernas e busca a fortuna em cada jogo, deve ter muitas posses e amiúde retornar para casa sem dinheiro algum. Se alguém tem três enfermidades e vier comigo, logo serão quatro as suas irmãs maldosas!" É raro o jogo estar livre de pecado. Um jogador não é amigo de Deus: os jogadores são filhos do diabo!

465. Brant refere-se ao poema *De ludo*, falsamente atribuído a Virgílio, do qual é extraída a próxima citação.

Muitos parvos estão tão maduros que podem ser premidos como frutas; nessa situação estão todos os que se sujeitam a ter um burro montado em suas costas.

[78]

Dos insensatos coagidos

Tantos são os membros da Ordem dos Néscios que eu quase passei despercebido e fui deixado para trás, e teria perdido a nau se não tivesse ouvido o chamado do burro. Eu sou aquele que é coagido por tudo; quero acocorar-me em um canto na expectativa de que o burro passe adiante e não fique sempre sobre as minhas costas.[466] Se eu tiver paciência, com ela espero escapar do burro. Tenho muitos companheiros, que também suportam tudo o que me oprime: um não segue os bons conselhos; outro fica enfurecido quando não há motivo para isso; este compra a desgraça para poder afligir-se; aquele prefere contendas à tranquilidade; um aprecia as petulâncias dos seus filhos; outro nunca está em paz com seus vizinhos; este sofre porque o sapato aperta; aquele a esposa precisa ir buscar na taberna; todos eles estão inscritos no livro dos insensatos. Quem consome mais do que ganha, quem muito pede emprestado e acaba arruinado, quem exibe a esposa aos outros é um insensato, parvo, burro, idiota. Quem avalia o montante de seus pecados e os tormentos que terá de padecer por eles, e não obstante pode viver satisfeito, não merece cavalgar o burro, mas carregá-lo em suas costas e ser esmagado no chão. Insensato é aquele que vê o bem, porém não se afasta do mal. Isso diz respeito a muitos néscios que se submetem ao burro.

466. Ver estampa 78.

Quando bandoleiros e amanuenses[467] *atacam um campônio abastado e honesto, é ele quem tem culpa no cartório.*

467. Estão incluídos aqui os advogados e tabeliães.

[79]

Bandoleiros e amanuenses

Amanuenses e bandoleiros também são ridicularizados por integrar a turba dos néscios. Sua fonte de sustento é quase a mesma: um esfola furtivamente, o outro às claras. Um arrisca a vida, faça chuva ou faça sol; o outro coloca sua alma no tinteiro. O bandoleiro ateia fogo em muitos celeiros, o amanuense necessita de um camponês bem fornido e que consegue suar bastante[468] a fim de temperar seu repolho.[469] Se todos fizessem como deveriam, ambos mereceriam ganhar dinheiro: um com a pena, o outro com a espada. Ambos seriam imprescindíveis se não buscassem sempre tirar proveito, se não ofendessem a justiça, e não se alimentassem do estribo.[470] Mas já que todos eles se dedicam de corpo e alma apenas a seu próprio benefício, peço-lhes perdão, mas hei de também conduzi-los à nau dos insensatos. Eu não os convidei a bordo, e cada um compromete-se a pagar sua própria passagem e, pelo valor de uma noz, a trazer ao barco muitos conhecidos. Existem ainda muitos escrivães e embusteiros que agora se dedicam a feroz banditismo e sumariamente tiram seu alimento como os salteadores no campo. É realmente uma enorme vergonha que não se protejam as estradas para que os peregrinos e comerciantes estejam seguros; mas eu sei bem a razão disso: o dinheiro de salvaguarda é saboroso demais para que se queira renunciar a ele.[471]

468. O autor refere-se ao camponês opulento (de corpo e de posses), que pode ser extorquido pelos advogados.

469. Chucrute, feito à base de repolho, era a comida típica dos camponeses.

470. Trata-se dos salteadores que pilhavam os viajantes sem apear do cavalo, ou seja, sem descer do estribo.

471. As autoridades forneciam o salvo-conduto em troca de pagamento. Se as estradas fossem seguras, os viajantes deixariam de pagar por proteção.

Corri longamente por terras distantes e durante todo o tempo a garrafinha nunca esteve vazia. Esta pequena mensagem é dedicada a vós, insensatos.

[80]

DAS MENSAGENS DISPARATADAS

Se me esquecesse agora dos mensageiros e não lhes reconhecesse sua parvoíce, provavelmente eles haveriam de advertir-me. Ao néscio convém um mensageiro que não seja desleixado e que leve na boca[472] uma cartinha sem molhá-la. Ele caminha com cautela pelo telhado para não quebrar nenhuma telha, e cuida para não trazer maior fardo do que aquele que lhe confiaste. De tanto vinho logo não sabe mais a mensagem que deveria anunciar; detém-se longamente na estrada para poder cruzar com muitas pessoas; espreita para descobrir se há comida na redondeza; e revira as cartas muitas vezes para tentar descobrir o que dizem. Aquilo que sabe não guarda para si e à noite deixa a bolsa sobre um banco. Se do vinho tomou um pileque, retorna para casa sem nenhuma resposta. Esses, em minha opinião, estão irmanados na palermice. Eles correm ao encalço da nau dos insensatos e a encontram entre a Basileia e Aachen,[473] mas são pretensiosos e não esquecem sua garrafinha, porque de tanto andarem e se deitarem, o fígado e os genitais ficaram ressecados. Assim como a neve nos refresca, o mensageiro fiel, quando o encontramos no verão, reconforta aquele que o enviou. É digno de apreço e honras o mensageiro que realiza rapidamente o que lhe foi solicitado.

472. As mensagens podiam ser escritas ou orais.

473. Ou seja, em lugar algum.

Aqui estão chegando adegueiros, cozinheiros e serventes, todos os que trabalham para o bem-estar na casa e administram a nau conforme seus caprichos.

[81]

De cozinheiros e adegueiros

Um mensageiro acaba de passar diante de nós, perguntando sobre a nau dos insensatos; a ele demos uma sopa com bastante sal, que o fará emborcar bem a garrafinha. Com muita pressa ele seguiu seu caminho, sempre levando a garrafa à boca, e sumiu tão rapidamente que não pudemos entregar-lhe uma cartinha que pretendíamos enviar. Por isso chegamos aqui sem ter-nos anunciado, adegueiros e cozinheiros, criadas, serventes, servos, que trabalham na cozinha. Servimos conforme o gosto do freguês e o pagamento; não temos objeções, pois nada sai do nosso bolso. Especialmente quando o nosso patrão está viajando e não há ninguém em casa, comemos a valer e bebemos como se estivéssemos na taberna. Também recebem seu quinhão pândegos de fora; e assim entornamos muitas jarras, bilhas e garrafas. Quando à noite o patrão se recolhe ao leito e portas e cadeados estão fechados, provamos do melhor dos vinhos, abrindo a torneira do maior barril: assim fica menos perceptível. Em seguida acompanhamos uns aos outros até a cama, e usamos dois pares de meias para que o patrão não nos ouça; se mesmo assim ele ouvir algum estalido, pensará que são os gatos. E quando depois de algum tempo o patrão pensa que estão a sua espera uns bons tragos no barril, a torneira faz "Glu, glu, glu..." Isso é o mau sinal de que há muito pouco no tonel. Aí cuidamos com muito empenho de preparar grande variedade de pratos para que despertem o apetite e o estômago. Lançamo-nos a ferver, fritar, guisar, refogar, assar, torrar, acrescentando molhos, açúcar, condimentos e especiarias, e assim preparamos bebidas e guloseimas que levam muitos a vomitar nas escadarias ou a ter de purgar-se com laxantes e enemas. Não damos muita atenção a essas coisas, pois também saímos bastante empanturrados, já que nunca nos esquecemos de nós mesmos: fisgamos sempre o que há de melhor na panela. Se morrêssemos de fome, haveriam de dizer que foi de gula. O adegueiro diz: "Frita-me uma linguiça, senhor cozinheiro, e eu acalmarei a

tua sede!" O adegueiro é o traidor do vinho enquanto o cozinheiro é o abrasador do diabo; aqui ele se acostuma ao fogo da cozinha, por isso não lhe parece o inferno assustador. Adegueiros e cozinheiros nunca estão de mãos vazias; eles servem à mesa e se esforçam bastante: à nau dos insensatos estão destinados. Quando José chegou ao Egito, o copeiro-chefe tomou-o a seu serviço[474] e Jerusalém ganhou Nebuzaradã.[475]

474. Em Gênesis 40, José interpreta o sonho do copeiro-chefe, que é perdoado pelo faraó.
475. 2 Reis 25, 8.

Quase ia me esquecendo de que precisarei de uma nau adicional, pois vou tratar agora da insensatez dos camponeses.

Texto na estampa: "Ele precisa entrar".

[82]

Da ostentação dos camponeses

Os camponeses eram bastante modestos até apenas alguns anos atrás. A justiça foi para junto deles após fugir de dentro dos muros das cidades; ela buscou abrigo nas choças de palha antes de os camponeses passarem a beber vinho, que agora aceitam de bom grado. Eles fazem grandes dívidas: embora os cereais e o vinho proporcionem bons ganhos, preferem submeter-se a crédito e prazo de pagamento. Como não querem pagar no tempo certo, têm que ser proscritos e execrados com os sinos.[476] A estopa já não lhes agrada como antes; ninguém mais quer jaquetões. Só se aceitam tecidos de Leiden e Mechelen[477] e os trajes têm que ser fendidos e abertos, adornados com todos os tipos de cores,[478] além de peles e mais peles selvagens,[479] e sobre a manga encontra-se a figura de um cuco.[480] Agora os camponeses ensinam às pessoas da cidade maneiras de aumentarem sua depravação; deles vêm agora todos os desacertos e a cada dia há uma nova moda. Não há mais simplicidade no mundo. Os camponeses estão cheios de dinheiro, pois estocam cereais, vinho e outras coisas para ficarem ricos. Tudo fica mais caro até virem o trovão e o fogo do relâmpago, que lhes consomem o celeiro e os grãos. Da mesma forma, em nossa época também surgiram muitos néscios que eram burgueses e comerciantes e agora são nobres e cavaleiros. O fidalgo deseja ser barão, e qualquer conde gostaria de se tornar príncipe. O príncipe ambiciona a coroa do rei; e muitos tornaram-se cavaleiros sem jamais ter desembainhado a espada em favor da justiça. Os camponeses usam

476. Ver nota 426.
477. Trata-se das cidades de Leiden (Holanda) e *Mechelen* (Bélgica). Na época de Brant, os tecidos fabricados nos Países Baixos eram considerados os de melhor qualidade.
478. As mangas com fendas entreabertas deixavam ver um tecido de cor contrastante usado por baixo.
479. O autor refere-se ao acúmulo e mistura de várias peles de animais como enfeite para casacos e outras vestimentas.
480. Imagens de cucos (um dos símbolos para o insensato) realmente eram usadas como adorno.

Er můß dran

indumentárias de seda e têm correntes de ouro pelo corpo; e a burguesa exibe-se com mais vaidade do que a condessa. Onde há dinheiro há também presunção. O que uma palerma vê sendo usado por outra é motivo para pensar nisso sem descanso; ela precisará tê-lo também, caso contrário é tomada de dores. A nobreza já não tem nenhum privilégio. É possível ver mulheres de artesãos que com seus vestidos, anéis, casacos e galões carregam sobre o corpo um valor maior do que todo o dinheiro que têm em casa. Por isso muitos homens honestos e suas esposas passaram a empunhar o bastão de mendigo, tendo o homem que beber de um jarro de barro no inverno para poder contentar a esposa no verão. E se hoje ela tem tudo o que quer, muito em breve tudo estará com o mercador ambulante. Quem deseja aquiescer a todos os caprichos das mulheres frequentemente passa frio, ainda que diga: "Ufa! Como está quente!". Em todos os lugares impera essa vergonha: ninguém está satisfeito com a sua condição, ninguém pensa naquilo que foram os seus antepassados. Por isso o mundo agora está cheio de insensatos, e eu posso dizer sem pestanejar: para o saco deve ir o tripé.[481]

481. Na estampa 82, provavelmente "tripé" está sendo usado com o sentido de "teimoso".

Muitos néscios não se contentam com nada neste mundo, a não ser que cheire a dinheiro; o lugar deles também é o campo dos insensatos.

Texto na estampa: "Piedade, Senhor!".

[83]

Do desprezo pela pobreza

Os imbecis do dinheiro encontram-se por toda parte, de modo que não é possível saber o número dos que preferem ter dinheiro ao invés de honra. Ninguém mais procura a pobreza e hoje já é praticamente impossível subsistir em uma casa onde apenas se possui virtude. A sabedoria já não é mais glorificada; a honestidade não tem qualquer precedência e com ela não se alcança êxito: sobre ela deve-se agora calar a boca. Quem se esforça por conquistar a riqueza guia-se somente por ela e não se esquiva do pecado, assassinato, usura, infâmia ou da traição de sua pátria, o que hoje se tornou comum no mundo. Todas as maldades podem ser encontradas por dinheiro; a justiça está à venda por dinheiro; pelo dinheiro muitos estariam destinados à forca, se não comprassem sua soltura. Devido ao dinheiro, o pecado muitas vezes permanece impune. Vou dizer claramente o que penso: apenas é enforcado o ladrão pobre; a mosca-varejeira não é capturada pela teia da aranha, ali apenas o mosquitinho fica aprisionado.[482] Para Acabe não era suficiente possuir um reino inteiro, querendo também as vinhas do pobre e honesto Nabote, que morreu injustamente.[483] Somente o pobre é obrigado a entrar no saco; o que traz dinheiro sempre é de bom gosto. A pobreza, que agora não tem mais valor, já foi estimada e respeitada, sendo muito benquista no mundo de ouro.[484] Lá não havia ninguém que prezasse o dinheiro ou possuísse sozinho alguma coisa: tudo estava à disposição de todos, e ficava-se satisfeito com o que a terra e a natureza proviam, sem trabalho e sem preocupações. Mas quando o arado foi usado pela primeira vez, ele também começou a ser ganancioso e surgiu o "Ah, se fosse meu o que é teu!" Todas as virtudes ainda continuariam sobre a terra se as pessoas só desejassem o que

482. Em conformidade com o provérbio latino "Aranearum telae muscas retinent, vespas transmittunt". ["As teias de aranha retêm as moscas, porém deixam passar as vespas"].

483. 1 Reis 21, 1-16.

484. O autor refere-se à mítica Era de Ouro. A descrição que se segue acompanha o que está em Ovídio (*As metamorfoses*, I) e Virgílio (*Geórgicas*, I).

é correto. A pobreza é um dom de Deus, muito embora hoje seja escarnecida por todos. Isso é assim porque ninguém se lembra que a pobreza é isenta de nódoas, que não se pode perder algo que de antemão não se tinha na bolsa, e que aquele que não está vestindo e nem carregando nada consegue mais facilmente nadar para longe. Um pobre pode cantar livremente na floresta;[485] é raro que um pobre seja destituído de algo. Um homem pobre tem liberdade e assim pode ir mendigar, embora seja encarado com maus olhos. E ainda que não se lhe dê nada, ele não tem menos por causa disso. A pobreza concedeu melhores conselhos do que jamais deu a riqueza: isso nos evidencia Quinto Cúrcio,[486] e o famoso Fabrício, que não queria possuir bens nem dinheiro, mas elegeu a honra e a virtude. A pobreza outrora foi o fundamento e princípio de todos os governos; a pobreza construiu todas as cidades; toda a ciência e arte foi descoberta pela pobreza; a pobreza é privada de todo o mal; da pobreza emerge a honra; entre todos os povos da terra, a pobreza sempre foi respeitada; por meio dela os gregos subjugaram muitas cidades, povos e nações. Aristides era pobre e justo; Epaminondas, severo e modesto; Homero era pobre mas erudito; Sócrates foi respeitado por sua sabedoria, e ninguém superou *Fócion* em brandura.[487] A pobreza é louvada pela Escritura; nada sobre a terra foi grande sem antes ter nascido da pobreza. O Império Romano e sua alta reputação principiaram na pobreza. Poucos levam em consideração que Roma foi fundada por pastores e, por muito tempo, governada por camponeses pobres, sendo mais tarde totalmente seduzida ao desastre pela riqueza. Veja-se aí que a pobreza foi mais proveitosa a Roma do que a riqueza. Se Cre-

485. Ele pode entoar sua canção porque não precisa ter medo de atrair ladrões.

486. Quinto Cúrcio (faleceu em 270 a.C.) foi um general e político romano que ganhou a fama de ser muito honesto e virtuoso, tendo optado por viver na pobreza. Seu nome costuma ser lembrado junto com o de Caio Fabrício Luscino (séc. III a.C.), visto como figura igualmente exemplar.

487. Aristides (morreu em aprox. 467 a.C.) foi um estadista ateniense que recebeu o epíteto de "o Justo"; Epaminondas (411-362 a.C.) foi um general tebano que morreu na guerra contra Esparta, tendo sido um modelo de disciplina e comedimento; *Fócion* (aprox. 401-*318* a.C.) era um general e estadista ateniense amplamente reconhecido por sua generosidade.

so[488] tivesse sido pobre, porém sábio, teria conservado o que era seu. Quando foi perguntado a Sólon[489] se ele tinha alcançado a felicidade plena, uma vez que era poderoso, rico e respeitado, ele respondeu: "Aqui sobre a terra ninguém pode dizer que é feliz antes de sua morte, pois nunca se sabe o que ainda pode suceder de ruim." Quem acredita que agora está seguro, não conhece os tempos vindouros. O Senhor disse: "Para vós, dor e sofrimento! Vós ricos tereis aqui a felicidade; desfrutai de vossos bens sobre a terra. Bem-aventurados os pobres com espírito livre!".[490] Quem usa da mentira para aumentar seus pertences é desprezível e imprestável, e alimenta o seu próprio infortúnio de ser enforcado na corda da morte.[491] Quem for injusto com um pobre, e assim multiplicar sua propriedade, encontrará alguém mais rico que irá extorquir-lhe as posses, deixando-o em situação de pobreza.[492] Não mantenhas os olhos fixos em bens que continuamente estarão fugindo de ti: como se fossem uma águia, cobrem-se de penas e partem com o vento.[493] Se a riqueza aqui na terra fosse boa, Cristo não teria vivido na pobreza. Quem diz que nada lhe falta, exceto dinheiro no bolso, está atolado na asneira. Falta-lhe mais do que é possível dizer, começando por não reconhecer que é muito mais pobre do que supõe.

488. Ver nota 164.

489. Sólon (séc. VI a.C.) foi legislador e poeta de Atenas, sendo considerado um dos "sete sábios" da Grécia.

490. Ver Marcos 10, 23-25; Mateus 5, 3.

491. Provérbios 21, 6.

492. Provérbios 22, 16.

493. Provérbios 23, 5.

Há muitos que com entusiasmo começaram a arar e não obstante acabaram mal,[494] *pois não tiraram o cuco do ninho.*

494. Ver Lucas 9, 62.

[84]

Da perseverança no bem

Muitos colocam a mão no arado e inicialmente têm grande anseio pela sabedoria e por boas obras e, no entanto, não sobem ao topo da montanha que leva ao reino dos céus, pois olham para trás com saudades do Egito,[495] onde deixaram suas panelas de carne.[496] E continuam correndo atrás de pecados assim como o cão de seu próprio vômito,[497] que já engoliu muitas vezes. Para esses os conselhos são escassos. É raro fechar-se a ferida que foi aberta mais de uma vez. Se o enfermo não se cuida bem, e recai na doença, é de se esperar que não irá sarar por um longo tempo. É melhor nem começar do que abandonar a obra após iniciada. Deus disse: "Quisera que tivesses forma, que fosses quente ou frio, mas enquanto quiseres ser morno, serás repulsivo para minha alma".[498] Mesmo que alguém já tenha praticado muitas boas obras, não receberá a devida recompensa a não ser que persevere até o fim. De grandes males correu e foi salva a mulher de Ló, mas como não obedeceu às ordens e olhou para trás, ficou imóvel instantaneamente.[499] Um insensato busca seu guizo assim como o cão o seu vômito.

495. Números 14, 2-4.
496. Êxodo 16, 3.
497. Provérbios 26, 11; 2 Pedro 2, 22.
498. Apocalipse 3, 15-16.
499. Gênesis 19, 15-26.

Podem a nobreza, a riqueza, a força e o frescor da juventude viver em paz sem temer-vos, ó morte? Tudo o que a vida conquistou e que é mortal perecerá.

Texto na estampa: "Tu ficas!".

[85]

NÃO PREVER A MORTE

Todos nós, meus caros amigos, que vivemos aqui na terra, incorremos em erro por não prever em tempo a morte, que não nos poupará. Sabemos e temos conhecimento de que a hora já está estipulada, embora não saibamos onde, quando e como, mas a morte nunca deixou ninguém aqui. Todos nós morreremos e escoaremos como a água para dentro da terra. Por isso, somos grandes insensatos e muito estúpidos se durante os muitos anos que para isso Deus nos permite viver, não nos prepararmos da melhor maneira possível para a morte e não aprendermos que temos de deixar este mundo sem ter como fugir. O vinho que brindou a compra já foi bebido, não podemos cancelá-la.[500] A primeira hora trouxe consigo a última, e quem criou o primeiro homem também já sabia como iria morrer o último. Mas a insensatez nos ilude, fazendo-nos esquecer que a morte não vai nos abandonar, não vai perdoar nossos formosos cabelos e nem as grinaldas de flores[501] e coroas. A morte poderia com razão ser chamada de Maria Sem-Peias, pois quando pega e arrasta alguém consigo, ainda que seja forte, bonito e jovem, ensina-lhe um salto muito singular, que eu com equidade chamo de salto mortal, o qual provoca calafrios e aflição, fazendo-lhe estirar-se e contorcer-se como um verme, pois esse é o momento da verdadeira batalha. Oh, morte, quão grande é o teu poder, já que carregas tanto jovens quanto velhos! Oh, morte, quão cruel é o teu nome para a aristocracia, poder e linhagem nobre, e em especial para aqueles que orientam sua alegria e seu empenho para os bens temporais! A morte esmaga com o mesmo pé a sala do rei e a cabana do pastor: ela não respeita a pompa e nem o poder e a riqueza, tratando do mesmo modo o papa e o camponês.[502]

500. Era costume beber vinho para selar definitivamente os negócios, indicando que o acordo estava fechado.

501. As grinaldas de flores, usadas aqui como símbolo da juventude, eram adornos das moças jovens e solteiras.

502. De acordo com Horácio (*Odes* I, 4, 13).

Por isso, é um insensato quem espera poder fugir daquela que não pode ser evitada, e que pensa que, se balançar os guizos, a morte não irá incomodá-lo. Todos vêm ao mundo com a condição de que dele também partirão quando a alma deixar seu corpo. Com igual justiça, a morte leva consigo tudo o que foi tocado pela vida: tu morres, outro viverá por mais tempo, mas ninguém permanecerá aqui para sempre. Mesmo aqueles que viveram mil anos, ao final também tiveram de partir. Mal o casaco ficou puído pelo uso e já o filho vai para junto do pai na sepultura; por vezes acontece de outro morrer antes do pai; afinal, no mercado também se vendem peles de bezerro.[503] Todo mundo segue atrás de outro, e quem não se prepara para a morte, receberá a devida paga. Também deixam aparente sua estupidez aqueles que se lamentam e choram pelos mortos, incomodando-lhes assim a tranquilidade, que afinal é o que todos nós aspiramos encontrar; e ninguém vai cedo demais para lá, onde ficará por toda a eternidade. E para muitos, é um benefício ser chamado por Deus. A morte trouxe vantagens para muitos, pois livrou-os de infortúnios e sofrimentos. Muitos passam a vida desejando a morte, e não são poucos os que não a convidaram, mas que lhe dão as boas-vindas: ela deu a liberdade a muitos prisioneiros e tirou da masmorra muitos que estavam destinados a nunca mais sair dali. A Fortuna distribui de modo desigual a riqueza; a morte é a única que restabelece a igualdade, pois é um juiz que não perdoa nada e nunca cedeu às súplicas de ninguém. Ela é a única que recompensa a todos, nunca tendo poupado ninguém ou se submetido a quem quer que seja. Todos sempre tiveram de partir e juntar-se à procissão dos que dançam atrás da morte:[504] papas, imperadores, reis, bispos e leigos, dos

503. A pele de bezerro, enquanto símbolo do caráter breve e frágil da vida, é retomada no capítulo "Da expectativa de receber heranças".

504. As representações da Dança da Morte ou Dança Macabra foram comuns no final da Idade Média e Renascimento após a Guerra dos Cem Anos (1337-1453) e diversas ocorrências de epidemia da Peste Negra (desde 1348), que dizimaram entre 30 e 60% da população europeia. As alegorias mostram a Morte à frente de um grupo de pessoas de várias classes sociais e idades, que dançam em uma ciranda de esqueletos. O número

quais muitos não imaginaram encabeçar a dança e que seriam forçados a entrar na ciranda para bailar: e se eles tivessem se preparado antes, não teriam sido tomados de surpresa. Muitos néscios, cuja grande preocupação eram as suas sepulturas, agora estão no outro mundo, e nelas gastaram tão enorme riqueza que ainda hoje causam espanto. Artemísia[505] construiu um mausoléu para seu marido com tanto luxo e generosidade, e tanto dinheiro nele investiu, que é uma das sete maravilhas que se encontram no mundo. Pode-se dizer o mesmo dos jazigos do Egito, que são chamados de pirâmides; principalmente Quéops,[506] que lá erigiu uma tumba onde colocou seus bens e fortuna. Para esse trabalho ele precisou de trezentos e sessenta mil homens, com os quais gastou tanto dinheiro em ervas[507] – as outras despesas não vou sequer mencionar –, que nenhum fidalgo de hoje é tão rico que possa gastar soma equivalente. Amásis realizou algo semelhante, assim como Ródope, que também fez erguer uma construção.[508] Que grande tolice do mundo! Gastar tanto dinheiro em sepulturas para nelas jogar sacos com cinzas e ossadas! E ter custos tão grandes apenas para construir uma casa para os vermes, e não destinar nada para a alma, embora ela vá viver para sempre! De nada vale para a alma um túmulo suntuoso ou ter uma grande laje de mármore com escudo, elmo e bandeira pendurados, ou que

de produções é grande, merecendo destaque os afrescos do Cemitério dos Inocentes, em Paris; as telas (1463) da Igreja de Santa Maria em Lübeck, destruídas por ataque aéreo na Segunda Guerra Mundial; gravuras como *A dança macabra* (1493), de Michael Wolgemut, e *A dança da morte* (1523-1526), de Hans Hohlbein; além de pinturas como *O triunfo da morte* (aprox. 1562), de Pieter Brueghel, o Velho.

505. Artemísia II mandou erigir na cidade de Halicarnasso um túmulo monumental para seu esposo, Mausolo, rei de Cária (na Ásia Menor). Concluído em 352 a.C., após a morte da própria rainha, o "mausoléu de Halicarnasso" foi considerado uma das sete maravilhas do mundo antigo.

506. O faraó Quéops, da quarta dinastia egípcia, viveu aproximadamente em 2553-2530 a.C.

507. De acordo com a *História*, de Heródoto, para a construção da pirâmide de Quéops foram gastos 1600 talentos de prata para fornecer cebolas, alho e outros víveres aos trabalhadores.

508. O rei Amásis (570-526 a.C.) e a cortesã Ródope (contemporânea de Amásis) são mencionados por Heródoto como construtores de pirâmides.

dü blibst

se grave mais tarde na pedra: "Aqui jaz um homem insigne e de família nobre". O correto brasão é um crânio corroído por vermes, cobras e sapos, que é empunhado por imperadores ou camponeses, e quem neste mundo tem uma ampla barriga irá prover mais alimento a seus fiéis companheiros de brasão. Ali esses parceiros lutam, rasgam, dilaceram e trespassam uns aos outros em sua disputa, pois cada um gostaria de ficar com tudo para si; os demônios apossam-se da alma e ferozmente comemoram seu triunfo, levando-a de um banho a outro, do gelado ao escaldante. Nós, humanos, vivemos sem qualquer bom-senso, já que não atentamos para a alma, e com o corpo nos preocupamos sem cessar. Toda a terra está consagrada a Deus, e somente descansa em paz quem morre sem susto ou padecimento. O céu cobre muitos mortos que não jazem debaixo de uma placa de pedra. Quem poderia ter um túmulo mais belo do que aqueles que têm o reluzente firmamento sobre si? Deus encontrará todos os ossos no momento certo. A sepultura não confere alegrias à alma: quem morre abençoado tem a melhor das sepulturas; quem morre como pecador, tem a pior.

Aquele que acredita que Deus não irá castigá-lo porque o castigo muitas vezes demora a vir, poderá ser atingido pelo raio ainda hoje.

[86]

Do desprezo de Deus

É insensato quem despreza Deus, procurando contradizê-Lo dia e noite, e pensa que Ele é como os homens, que se deixam escarnecer e permanecem em silêncio. Muitos estão convencidos de que se o raio não consumiu prontamente suas casas e não os fulminou logo após cometerem uma crueldade, e eles não morreram de imediato, então não têm mais nada a temer, pois Deus os esqueceu e ainda irá esperar por muitos anos e talvez até os recompense por sua ação. Muitos néscios cometem essa ofensa e persistem no pecado porque Deus por ora os está poupando; e assim eles pensam que podem puxar-Lhe a barba, como se pudessem provocá-Lo e Deus tivesse de ser indulgente. Ouve, ó insensato! Sê sábio, imbecil! Não confies em tais adiamentos de tua dívida! É grande, em verdade, o suplício daquele que cai nas mãos de Deus, pois, ainda que tenhas sido poupado por longo tempo, ao final pagarás a dívida. A muitos Deus, nosso Senhor, permite que pequem para depois puni-los com severidade redobrada e para que o pagamento seja feito de uma só vez: como é usual dizer, isso deixa o bolso limpo.[509] Alguns que morrem tendo cometido somente pecados leves, Deus dá a graça de levar mais cedo deste mundo para que assim não cometam mais pecados e o prejuízo de suas almas não cresça. Conforme o prometido, Deus estende Seu perdão e clemência a todos os que se arrependerem. Mas Ele nunca prometeu a qualquer pecador que lhe permitiria viver até chegar o arrependimento e então se corrigir. É possível que Deus conceda Sua graça hoje para muitos que amanhã receberiam apenas Sua cólera. Ezequias,[510] no momento derradeiro, recebeu de Deus a dádiva de mais quinze anos de vida, ao passo que para Belsazar a morte chegou mais cedo por causa de seus pecados. A mão que apartou Belsazar[511] dos

509. Isso zera a dívida até o último centavo.
510. 2 Reis 20, 1-6.
511. Daniel 5, 1-5.

prazeres foi a mesma que escreveu *mene, tequel, parsim*;[512] ele era leve demais em relação ao peso adequado e por isso foi privado de sua luz. Não percebeu que seu pai[513] tinha sido castigado por Deus há muitos anos, tendo-se emendado e feito penitências, de modo que o Senhor o ouviu e não o deixou morrer com a forma de uma alimária:[514] por meio da graça e do arrependimento ele conquistou tempo para a expiação. O número de anos e pecados está definido para cada mortal, e quem se apressa em pecar, apressa-se rumo ao destino final. Muitos já morreram neste ano; se eles tivessem buscado melhorar-se e em tempo invertido a ampulheta, para que a areia não escoasse por completo, sem dúvida ainda estariam vivos hoje.

512. Conforme Daniel 5, 24-28: "contado, pesado, dividido".
513. Nabucodonosor, conforme Daniel 5, 18-23.
514. Daniel 4, 31-37.

Quem blasfema contra Deus com maldições e impropérios, vive na vergonha e morrerá desonrado. Ai de quem não se volta contra isso!

[87]

Das blasfêmias contra Deus

Também eu conheço quem são os maiores néscios, mas não sei como poderia chamá-los. Uma vez que não se contentam com seus pecados, eles ainda se mostram abertamente como filhos do diabo: em público dão testemunho de seu ódio a Deus e de terem a Ele renunciado. Um acusa Deus de impotência, outro recrimina o Seu martírio, o Seu baço, cérebro, intestinos e rim.[515] Quem agora conhece juramentos inauditos, que são contrários a tudo o que é correto e de direito, é visto como notável e indômito, devendo ser premiado com uma lança e uma besta,[516] podendo desafiar quatro de uma vez e ser valente com a garrafa. Gritos com juramentos de morte são acompanhados de vinho ou jogos em que se aposta pouco dinheiro. Não seria de estranhar se Deus fizesse o mundo afundar por causa de tais insultos, ou se o céu desmoronasse pelas nefastas blasfêmias e ultrajes contra o Senhor. A honestidade infelizmente está morta e a lei não pune tais violações, de modo que todos nós padecemos com as muitas pragas e castigos. As injúrias ocorrem publicamente, de modo que todo mundo percebe, ouve e vê. Não é de surpreender que Deus administre justiça por si mesmo e não tolere tais coisas por mais tempo. Ele ordenou que fosse apedrejado um dos filhos de Israel por ter blasfemado.[517] Senaqueribe insultou Deus e foi castigado com infâmia e zombarias.[518] Lincáon[519] e Menécio[520] tiveram igual destino, assim como Antíoco.[521]

515. Em maldições e blasfêmias eram feitas referências desse tipo.
516. Ver nota 448.
517. Levítico 24, 10-16.
518. 2 Reis 20, 35-37.
519. Segundo Ovívio (*As metamorfoses*, I), Lincáon colocou em dúvida a natureza divina de Júpiter.
520. Menécio foi um gigante que insultou Júpiter, sendo por ele fulminado. É personagem da *Eneida*, de Virgílio.
521. 2 Macabeus 9.

Quem acredita que Deus nos castiga em demasia porque frequentemente somos assolados por calamidades, dele a praga já está a um passo de distância.

[88]

Das pragas e castigos de Deus

Tolo é aquele que considera ser extraordinário que Deus, nosso Senhor, agora castigue o mundo enviando pragas e mais pragas, apesar de sermos cristãos e haver muitos clérigos que incessantemente estão a jejuar e orar. Mas escuta: isso de modo algum é extraordinário, pois não há hoje nenhuma casta que não esteja em situação desastrosa e em que não reine aviltamento e perversão. Por isso a todas se referem as palavras do sábio que disse: "Se destruíres o que eu edifico apenas restará o remorso para ambos e nosso trabalho terá sido em vão."[522] Da mesma maneira fala o Senhor encolerizado: "Se vós não guardardes os meus mandamentos, enviarei pragas e morte, guerra, fome, pestilência e incêndios, e ainda carestia, geadas, frio, granizo e relâmpagos, e isso multiplicarei dia após dia, e não darei ouvidos a preces ou lamentações, e, ainda que Moisés e Samuel implorassem, sou tão inimigo da alma que não desiste do pecado, que ela será atingida pelas calamidades, porque eu sou Deus!"[523] Já os judeus perderam seu reino por causa de seus pecados; muitas vezes Deus os expulsou da cidade santa devido às suas faltas. Os cristãos também a perderam uma vez, quando mereceram a ira de Deus. Temo que nossa perda será ainda maior e receberemos castigo ainda mais rigoroso.

522. Eclesiastes 34, 28.
523. Ver Jeremias 11-15; Ezequiel 14.

Se alguém dá sua mula por uma gaita de fole, não verá vantagem em sua troca e muitas vezes, quando preferiria cavalgar, terá de seguir a pé.

[89]

Da troca insensata

Um néscio sofre uma fadiga muito maior para sua alma ir para o inferno do que qualquer eremita jamais sofreu em algum deserto ou lugar solitário para servir a Deus com jejuns e orações. Vemos como a vaidade exige esforço, fazendo com que as pessoas se adornem, maquiem, enfaixem[524] e se apertem com espartilhos, assim sofrendo de muitas maneiras variadas. A voracidade de ganhos leva muitos a atravessar os mares, passando em meio a tempestades, chuva e neve, para chegar à Noruega e Lapônia.[525] Nenhum galanteador jamais tem tranquilidade nem repouso; o jogador passa por maus momentos, e pior ainda é a vida do salteador de estradas, que se arrisca a ir aonde está a corda para seu pescoço. Do esbanjador nem vou falar, pois que sempre tem o coração vergastado pela dor que sofre em silêncio; o ciúme não provê momentos melhores, assolando com o temor de haver outro cuco em seu ninho; e a inveja fica a cozer seus próprios membros. Ninguém quer padecer de dores para a glória de Deus ou observar com paciência a sua alma, como Noé, Jó e Daniel. Muitos se comprazem com a maldade, sendo poucos os que escolhem o bem. O sábio deve eleger o bem, já que o mal sucede todos os dias por si mesmo. Quem abre mão do reino dos céus em troca de excremento de vaca é um imbecil, sejam quantos forem os seus bens. A troca nunca lhe trará benefícios, se der o eterno para ficar com o passageiro. Resumindo em poucas palavras: o insensato dá a mula e recebe uma gaita de fole.

524. Faixas de tecido eram usadas desde a Antiguidade para envolver e assim dar suporte e molde às formas do corpo. A partir do séc. XV também começou a ser usado o espartilho para essa função. Por algum tempo, as faixas ainda continuaram sendo usadas por debaixo do espartilho.

525. Ver o capítulo "Da exploração de todas as terras" sobre as descobertas além-mar.

Honrai pai e mãe para que Deus vos dê longa vida e não caiais na desonra.

[90]

Honrar pai e mãe

Insensato é quem que dá aos filhos aquilo de que ele próprio necessita para poder viver até o final de seus dias, confiando inocentemente que os filhos não o abandonarão e que o ajudarão em tempos de necessidade. Dele se ansiará pela morte todos os dias e logo se tornará um fardo para seus filhos, um hóspede indesejado. Mas o que lhe sobrevém não deixa de ser bastante merecido, já que não se preveniu e deixou-se adular por doces palavras. Ele até merece ter os ossos moídos a pancadas![526] No entanto, não vive por muito tempo na terra aquele que não preza seu pai e sua mãe;[527] em meio às trevas, a luz extingue-se para quem não honra pai e mãe.[528] Absalão, quando ainda jovem, foi vítima de grande infortúnio por causa de seu pai,[529] assim como Cão foi amaldiçoado por ter revelado a nudez de seu pai;[530] Belsazar foi desventurado por ter feito o pai em pedaços[531] e Senaqueribe foi morto por seus filhos,[532] embora nenhum deles tenha herdado seu reino. Tobias ensinou o filho a honrar sua mãe;[533] por isso, o Rei Salomão ergueu-se do trono para receber sua mãe,[534] assim

526. A posição do autor reflete o que está em diversos provérbios populares, a exemplo de "Quem dá o pão a seus filhos e depois passa necessidade deve ser linchado com um bastão" ["*Wer seinen Kindern gibt* das *Brot* und *leidet* nachmals *selber Not*, den soll *man schlagen* mit der Keule *tot*"]. Ideia semelhante está em contos populares coletados pelos Irmãos Grimm, como "Joãozinho e Maria" ["Hänsel und Gretel"], em que a miséria leva os pais pobres a optarem pelo abandono dos filhos.
527. O respeito e consideração pelos pais e avós também está nos contos populares reunidos pelos Irmãos Grimm, conforme exemplifica a narrativa "O velho e seu neto" ["Der alte Großvater und der Enkel"], em que a dignidade dos idosos é resgatada.
528. Provérbios 20, 20.
529. 2 Samuel 15-18.
530. Gênesis 9, 20-29.
531. O autor parece ter-se equivocado, pois não há tal episódio na Bíblia. Conferir: Daniel 5, 18-23.
532. 2 Crônicas 32, 21.
533. Tobias 4, 3.
534. 1 Reis 2, 19.

como também fez Coriolano;[535] os filhos de Recabe louvaram a Deus, conforme o pai lhes ordenara.[536] "Quem quiser viver", diz Deus, nosso Senhor, "deve honrar pai e mãe,[537] e assim chegará à idade avançada e será rico."

535. Segundo o relato de Plutarco (*Vidas paralelas*), o general Coriolano (séc. V a.C.) teria se deixado convencer pela mãe e pela esposa a suspender o cerco a Roma.

536. Jeremias 35.

537. Êxodo 20, 12.

No coro[538] *encontram-se também muitos insensatos, que ficam a tagarelar inutilmente e a oferecer ajuda e conselhos; sua carroça e barca estão prestes a partir.*

538. Os clérigos assentavam-se no coro durante as missas.

[91]

DA TAGARELICE NO CORO

Muitos tagarelas passam o ano a palrar no coro e na igreja sobre como preparar uma carroça e uma barca[539] para chegar a Insensatolândia. Lá fala-se da guerra contra a França,[540] aqui não se medem esforços para mentir e fazer correr uma notícia nova. É assim que têm início as Matinas e muitas vezes é assim que tudo continua até as Vésperas.[541] Muitos comparecem apenas porque são movidos pela ganância e porque se distribui dinheiro no coro,[542] caso contrário passariam anos sem colocar os pés na igreja. Para alguns, certamente seria melhor ficar em casa durante o ano inteiro, ir ao mercado de gansos[543] e lá instalar uma banqueta para dar andamento a seus mexericos, ao invés de ir à igreja e perturbar a si mesmo e a muitos outros. O que em outras oportunidades não faria, proclama na igreja: como há de prover uma barca e apetrechos, dispondo-se a trazer muitas novas histórias, e como emprega grande esforço e seriedade para que o barco navegue sem empecilhos. Apraz-lhe ir em passeio ao coro, pois assim sua carruagem será engraxada. Mas não falarei aqui, na folha impressa, sobre aqueles que apenas dão uma olhadela para o coro para mostrar sua presença, e em seguida rapidamente já buscam a porta. Tais orações são suficientemente devotas e adequadas apenas aos olhos daqueles que tratam de assuntos

539. Ver estampa 91.
540. Batalhas travadas em 1493 entre Maximiliano I (rei alemão) e Carlos VIII (rei da França).
541. Ver nota 434.
542. Provavelmente são pagas prebendas.
543. Os gansos são mencionados aqui por causa de seu grasnar barulhento e incômodo.

como esses e pensam merecer as prebendas, embora fiquem bocejando diante do *Roraffe*.[544]

544. Famosa imagem de madeira junto ao órgão (instalado em 1384) da catedral de Estrasburgo. Perto do órgão há três figuras móveis (autômatos): um Sansão que abre e fecha a boca de um leão; um vendedor de *Bretzel*, que move cabeça, boca e braço direito; e um trombeteiro (o *Roraffe) que leva à boca seu instrumento. Os bonecos são colocados em movimento à distância, sendo acionados com a ajuda de arames.* Na época de Brant, o *Roraffe* era posto em funcionamento durante as festas de pentecostes: a congregação de camponeses seguia em procissão e, ao final, quando entrava na catedral, um servo acionava o mecanismo do boneco. Enquanto o Roraffe se movimentava, era acompanhado de falas jocosas, canções zombeteiras e impropérios emitidos por alguém presente, que assim dava a impressão de que o autômato falava. Esse espetáculo burlesco provocava muitas gargalhadas dos presentes e atraía multidões para as festas. Trata-se aqui de uma manifestação de caráter carnavalesco típica da cultura medieval, mas que se foi perdendo com o tempo, parecendo hoje incompatível com a atmosfera solene que se espera das festividades religiosas.

Quem é vaidoso e se gaba de si mesmo, querendo sempre ocupar sozinho o lugar de honra, é colocado pelo diabo na costela.[545]

545. Armadilha para pegar pássaros, que consiste em uma armação de varas sobre a qual é posto um chamariz.

[92]

Arrogância e vaidade

Acende fogo em telhado de palha aquele que se dedica a conquistar a glória neste mundo, empregando todos os esforços pela honra mundana; ao final nada mais lhe resta do que o ludíbrio causado pela ilusão, tal como alguém que fez sua construção sobre um arco-íris. Quem ergue uma abóbada sobre uma coluna de pinheiros logo verá sua construção sendo roída pela podridão; quem aqui busca honras e glória terrenas não deve esperar que elas aumentem na vida após a morte. Mais de um néscio deixou-se inflamar de orgulho por vir de terras latinas e ter-se tornado um sábio nas distantes escolas[546] de Bolonha, Pávia e Paris, conquistado sapiência em Siena e na escola de Orleans, e visto o Roraffe[547] e o Maître Pierre de *Conniget,* como se o povo alemão também não tivesse bom-senso e juízo, como se não houvesse cabeças perspicazes para ensinar ciência e erudição e como se fosse necessário viajar para tão longe a fim de estudar. Aqueles que desejarem estudar em seu próprio Estado encontram agora livros de toda sorte, de modo que ninguém pode se desculpar, a menos que queira mentir como um patife. Outrora pensava-se que a única boa formação podia ser encontrada além-mar, em Atenas; mais tarde ela estava entre os latinos, e agora também floresce na Alemanha e tudo estaria bem se não fosse o vinho e o fato de querermos beber como pipas e preferirmos ganhar dinheiro sem trabalhar. Feliz daquele que possui um filho sábio! Mas eu não considero digno aquele que busca a ciência por vaidade e para ter lucros, querendo assim ser orgulhoso e inteligente: quem de fato é sábio tem conhecimento o suficiente; quem aprende somente por vaidade e dinheiro reflete-se no espelho para o mundo, como uma insensata que se maquia e se olha no espelho para deslumbrar a todos, estendendo assim a rede do diabo e fazendo com que muitas

546. O autor refere-se às universidades, que surgiram na Europa ainda durante a Idade Média, sendo a primeira fundada em Bolonha (1088).

547. Ver nota 544.

almas vão para o inferno. Eis a corujinha e a costela[548] com a qual o diabo busca sua recompensa, tendo levado consigo muitos que se acreditavam sensatos. Balaão deu um conselho a Balaque que levou o povo de Israel a encolerizar Deus, não conseguindo prevalecer na batalha travada por causa de mulheres.[549] Se Judite não se tivesse adornado,[550] Holofernes não teria sido seduzido. Jezabel pintou-se quando desejou agradar a Jeú.[551] O sábio diz: "Vira-te de costas para as mulheres! A visão delas incita ao pecado!"[552] São muitas as néscias que têm o desatino de mostrar seu semblante ao primeiro que passa, pensando que não sofrerão nenhum dano se ficarem a olhar para os tolos. Na verdade, o olhar acarreta pensamentos maliciosos e já colocou a muitos no banco dos patetas, que não puderam voltar para casa até capturar o gaio. Se Bate-Seba[553] tivesse coberto seu corpo, não teria sido maculada por adultério. Diná queria olhar para homens estrangeiros e acabou por perder sua virgindade.[554] A mulher modesta é digna de honra e de ser respeitada, mas aquela que opta pela vaidade e cuja arrogância não tem fim, sempre anseia por estar à frente, de modo que ninguém consegue viver com ela. A maior sabedoria da terra está em saber fazer o que agrada a todos, e se isso não for adequado, então saber fazer o que convém a cada um. Mas quem agir corretamente com as mulheres deve ser mais forte do que um guerreiro, pois elas vencem mais vezes com sua fragilidade do que com sua astúcia. O orgulho que Deus tanto odeia cresce inexoravelmente, mais e mais, e ao final cai por terra, despencando no inferno de Lúcifer. Ouve, Vaidade, que soou a hora de escutares as palavras que saem de tua

548. Pequenas corujas costumavam ser usadas como chamariz nas costelas (armadilhas para pegar pássaros). Ver estampa 92.

549. Números 22-24; Números 31, 16. As mulheres mencionadas são as moabitas.

550. Judite 10, 3.

551. 2 Reis 9, 30.

552. Eclesiástico 9, 8.

553. 2 Samuel 11.

554. Gênesis 34, 1-2. Conforme a Bíblia, no entanto, Diná queria ver as moças estrangeiras e não os homens.

própria boca: "Que recebo de meu orgulho se aqui estou imerso em tristeza e sofrimento? De que me adiantam dinheiro, propriedades e riquezas? De que me servem a honra, fama e glória deste mundo? Tudo não passa de um jogo de sombras fadado a desaparecer no próximo instante!"[555] Bem-aventurado é aquele que desprezou tudo isso e teve em vista apenas a eternidade. Para um insensato nada é elevado demais, já que tudo cairá junto com ele, e antes de mais nada o vergonhoso orgulho, que tem a condição e o poder de expulsar do céu os anjos da mais alta grandeza, assim como não deixou o primeiro homem no paraíso. A arrogância não pode sobreviver na terra e deve sempre estar em busca de seu assento. Junto a Lúcifer, no lamaçal do inferno, ela encontra aquele que a concebeu[556] e sem demora o orgulho alcança o fogo eterno. Por sua arrogância, Hagar foi expulsa de casa com seu filho;[557] a arrogância fez com que o Faraó encontrasse seu castigo,[558] e Coré morreu com seus seguidores.[559] O Senhor enfureceu-se quando o orgulho construiu a torre[560] e David, por orgulho, ordenou o censo de Israel, tendo por isso que escolher uma praga.[561] Herodes usava vestes com arrogância, como se sua natureza fosse divina, e quis também receber honras dignas de Deus, e como resultado foi atingido certeiramente pelo anjo.[562] O arrogante Deus humilha, mas o humilde Ele sempre exalta.[563]

555. Sabedoria 5, 8-9.
556. A derrocada de Lúcifer, o anjo caído, foi provocada por seu orgulho e arrogância.
557. Gênesis 16, 4-6.
558. Êxodo 5-12.
559. Números 16.
560. Trata-se da Torre de Babel, cf. Gênesis 11, 1-9.
561. 2 Samuel 24.
562. Atos dos Apóstolos 12, 21-23.
563. Tiago, 4, 6; 1 Pedro 5, 5.

Os agiotas praticam um ofício contrário à lei; são ásperos e rudes para com os pobres e não fazem caso de o mundo ser destruído.

[93]

Usura e especulação

Há que se agarrar pelo barrete, sacudi-lo bem para espanar os carrapatos[564] e arrancar as penas das asas daquele que compra mais do que precisa, estocando em sua casa o vinho e os cereais do país inteiro, sem temer pecado ou desonra, para que o pobre nada encontre e morra de fome com sua esposa e filhos. Por isso agora tudo está tão caro e nossa vida tão mais difícil do que outrora. Antigamente pagava-se pelo vinho dez libras, mas em um mês o preço aumentou tanto que agora custa trinta, assim como o trigo, o centeio e o trigo espelta. Da usura nem vou falar; ela cobra juros sobre dinheiro e sobre propriedades rentáveis e é praticada com empréstimos, revenda de mercadoria comprada com desconto, e crédito. Muitos conseguem ganhar, em uma manhã, uma libra a mais do que deveriam ganhar ao longo de todo um ano. Moedinhas de cobre ou prata são hoje emprestadas com câmbio de ouro. São dadas dez, e onze são anotadas no livro. Os juros dos judeus eram bastante suportáveis, mas eles não puderam ficar:[565] foram expulsos pelos cristãos judeus,[566] que agora empunham eles próprios a lança do judeu.[567] Eu conheço muitos, mas não vou mencionar os nomes, dos que praticam o comércio ilegal e daninho, contra o qual a lei e a justiça nada fazem. Muitos são os que se inclinam em reverência diante do granizo e soltam gargalhadas à vista da geada.[568] Mas as guinadas da sorte também são frequentes e aí não são poucos os que preferem se enforcar com uma corda. Quem quer ser rico às custas da desgraça alheia é um néscio, mas não está sozinho.

564. No termo "Zecke" (carrapato), usado por Brant, provavelmente também está implícita uma alusão ao cequim, moeda de ouro em circulação na Itália, onde surgiram os primeiros bancos no séc. XII. O banco fundado em 1397 pela família Medici, em Florença, foi a maior instituição bancária do séc. XV.

565. No final do séc. XV e início do XVI os judeus foram expulsos de muitas cidades, inclusive de Estrasburgo.

566. Cristãos que se comportam como judeus.

567. Ver nota 455.

568. Ao destruírem as plantações, o granizo e a geada ajudam a aumentar os preços, dando alegrias aos especuladores.

Muitos aguardam ansiosos pela propriedade alheia, esperando ser os herdeiros daqueles que carregarão até o túmulo. Ao invés disso, porém, os seus ossos é que poderão servir à colheita de nozes.[569]

569. Quem espera ganhos da morte alheia pode falecer precocemente e, assim, servir para que o outro tenha proveito.

[94]

DA EXPECTATIVA DE RECEBER HERANÇAS

Somente um insensato fica à espreita da herança alheia ou espera suceder a outro, depois de sua morte, no usufruto de suas propriedades, prebendas e cargos. Alguns aguardam ansiosamente a morte de outro, cujo fim nunca chegarão a ver; eles contam poder carregá-lo até a sepultura, mas o outro é quem apanhará peras usando os seus ossos.[570] Quem almeja a morte do outro não sabe quando sua própria alma partirá, e assim ferra o burro que o transportará para a Imbecilândia. Pessoas jovens, fortes e bem-dispostas morrem, assim como também encontramos muitas peles de bezerro: não apenas os velhos são levados. Cada um deveria contentar-se com sua pobreza, ao invés de desejar que ela aumente! Sobre a terra muitas coisas estão de cabeça para baixo: Bulgaro[571] inesperadamente foi herdeiro de seu filho; Príamo[572] presenciou a morte de todos os seus filhos, aos quais planejara deixar suas posses; Absalão[573] desejou a morte de seu pai e recebeu sua herança em um carvalho. Algumas pessoas recebem de um dia para outro uma herança que nunca imaginavam receber; outros se tornam herdeiros, mas um cachorro faria melhor uso da herança. Nem todos têm satisfeitos os seus desejos, como Abraão[574] e Simeão.[575] Deixai que os pássaros se preocupem! Quando Deus assim o deseja, consegue-se felicidade, tempo, fim e objetivo. A melhor herança é chegar naquela pátria pela qual todos ansiamos, mas que só poucos realmente atingem.

570. Ver estampa 94.

571. Famoso jurista italiano do séc. XII.

572. Ver nota 160.

573. Absalão passava sob uma árvore e nela ficou preso pela cabeça, enquanto sua mula continuou andando, cf. 2 Samuel 18, 9.

574. Gênesis 16, 15-17: Abraão já tinha cem anos, mas Deus concedeu-lhe um filho.

575. Lucas 2, 25-34: Simeão pôde visitar Jesus antes de morrer.

Deveriam ir à igreja e descansar nos dias santos aqueles que em vez disso se ocupam de muitas tarefas.

[95]

Do desrespeito aos feriados

Devem ser habitantes da Simiolândia aqueles que somente cuidam de seus afazeres e trabalhos nos dias santificados: o lugar deles é na carreta dos símios! É preciso ferrar o cavalo de um, e ao outro é necessário pregar botões, mas essas tarefas poderiam estar prontas há muito se não se ficasse tanto tempo no jogo e com o vinho. A esse há que se preencher as pontas dos sapatos[576] com grande quantidade de retalhos; o outro precisa provar casacos e calças, os quais só podem ser usados se terminados em um feriado. Os cozinheiros preparam o fogo e as brasas, e antes que a Igreja abra suas portas de manhã, a comilança já começou e todos estão a encher as barrigas.[577] Antes de se alcançar as ruas, as tavernas já estão apinhadas. É assim que todos fazem sem cessar, especialmente nos dias de festa, e ao invés de recusar todo e qualquer trabalho, andam para todos os lados com carroças e carruagens. O feriado transforma muitos em néscios, que acreditam ser esse dia dedicado aos pequenos trabalhos e que esses não incomodam a Deus, podendo-se então ficar ocupado com o tabuleiro e o jogo de cartas durante o dia inteiro. Muitos fazem trabalhar os seus servos, não cuidando para que os criados e seus filhos vão à igreja, assistir ao sermão e ao serviço religioso, ou acordar cedo para atender à missa. Primeiro, eles querem terminar de ferver bem a cerveja, cujo grão foi macerado durante a semana. De nenhum ofício é possível dizer que nada se faz nos feriados; eles estão tão obcecados em ganhar cada centavo, como se não houvesse outro dia útil na terra. Uma parte anda aos mexericos pelas ruas, a outra está sentada jogando e esbanjando, e muitos gastam aí em vinho mais do que ganham durante uma semana de trabalho. Há de ser um avarento ou um remendão aquele que não quer passar dia e noite

576. O recheio com trapos era necessário para que os sapatos alongados ficassem com pontas firmes e voltadas para cima, permitindo que se andasse com eles. Ver nota 9.

577. Trata-se aqui das cozinhas de albergues, que além de alugar quartos também serviam refeições.

bebendo até que o gato grite ou o vento sopre pela manhã. Os judeus muito se riem de nós por honrarmos tão pouco os feriados, que eles tratam como sagrados, e eu não iria colocá-los na nau dos insensatos caso não vagassem o tempo todo ao léu como cães raivosos. Um homem pobre juntava lenha em um feriado e apenas por isso foi apedrejado.[578] Os macabeus[579] não quiseram defender-se no dia santo e muitos deles foram mortos. No feriado não é colhido o maná, como Deus ordenou.[580] Mas nós trabalhamos sem necessidade nos feriados e realizamos muitas tarefas que poderíamos fazer nos outros dias. Oh, insensato, mantém e honra o dia consagrado! Haverá muitos e muitos dias da semana, quando estiveres apodrecendo no chão. A ganância é o princípio de todos os vícios.

578. Números 15, 32-36.
579. 1 Macabeus 2, 31-36.
580. Êxodo 16, 22-36.

Insensato é quem se lamenta o dia inteiro por aquilo que não pode mais mudar ou que se arrepende de haver feito o bem àquele que não soube isso compreender.

[96]

Presentear e arrepender-se

Um néscio é aquele que presenteia um bem, mas não faz isso de boa vontade, e ainda lança olhares cheios de rancor e azedume para que ninguém possa contentar-se e apreciar o que recebeu. Assim não recebe agradecimento nem recompensa aquele que tanto lamenta ter feito uma dádiva. O mesmo sucede àquele que faz uma oferenda para honrar a Deus e cumprir a Sua vontade, mas se arrepende e se lamenta se Deus não lhe dá de imediato uma recompensa. Quem deseja dar presentes com dignidade, que o faça com um sorriso e com a alegria de um bom companheiro, e não diga de antemão "Farei isso, mas a contragosto!", a menos que deseje prescindir do reconhecimento e retribuição. Deus não tem apreço pelo donativo daquele que não oferece com alegria.[581] Todos desejam manter aquilo que lhes pertence e ninguém deve ser obrigado a dar presentes. Apenas do coração franco e aberto parte o presente que agrada a cada um. A gratidão raramente se perde: ainda que às vezes demore a vir, usualmente tudo chega no momento justo, e a ordem das coisas se mantém. Mesmo que alguma pessoa seja ingrata, essa desonra é compensada pelo homem sábio, que tudo consegue harmonizar. Mas quem sempre faz recordar ao presenteado o bem recebido, provavelmente não quer ter em troca apenas um aperto de mãos, mas aguarda uma recompensa. Cobrar presentes é sinal de insensatez. É por cima dos ombros que se olha para quem ostenta suas boas ações e exige a contrapartida: alguém assim obtém pouco reconhecimento.

581. 2 Coríntios 9, 7.

A indolência mora em todas as pessoas, mas em especial nas criadas e servos; nunca é possível recompensá-los suficientemente, de modo que acabam preferindo poupar a si mesmos do esforço.

[97]

Da indolência e preguiça

Não há caso maior de néscio do que aquele que é sempre vagaroso e tão indolente que fere a canela antes de virar a perna. Da mesma forma como a fumaça não é agradável aos olhos e o vinagre faz doer os dentes, assim é o preguiçoso e o indolente para aqueles que os enviaram a resolver algo.[582] Uma pessoa preguiçosa não é útil para ninguém, a não ser como espantalho, podendo dormir à vontade; ficar sentado junto ao fogão é o que melhor faz. Bem-aventurado é aquele que trabalha com a enxada! Quem permanece na ociosidade é o maior dos insensatos. Aos preguiçosos o Senhor envia castigos; aos que trabalham, dá recompensas e dignidades. O Maligno tira proveito da preguiça e de imediato aí espalha a sua semente. A indolência é a causa de todos os pecados e fez murmurar os filhos de Israel.[583] Davi[584] cometeu adultério e assassinato por ter-se deitado ocioso e inútil; como Cartago foi totalmente arrasada, também Roma foi destruída por completo: Roma sofreu maior estrago pela queda de Cartago do que o que lhe aconteceu durante a guerra de cento e dezesseis anos.[585] Os preguiçosos não gostam de sair, dizendo: "O leão está diante da porta!"[586] Um cão raivoso é motivo de permanecer em casa. A preguiça logo descobre uma desculpa, e fica a revirar-se de um lado para outro, como a dobradiça da porta.[587]

582. Provérbios 10, 26.

583. Ver Números 14, 1-2.

584. 2 Samuel 11, 2.

585. Cartago foi arrasada na Terceira Guerra Púnica (149-146 a.C.). Esse acontecimento marcou o apogeu de Roma, mas também o início de sua decadência - interpretada por Brant como efeito da ociosidade.

586. Provérbios 26, 13.

587. Provérbios 26, 14.

Aqui coloquei em grupo muitos que são néscios e assim são chamados; deles, outros tolos se envergonham.

[98]

De insensatos estrangeiros

Há ainda muitas pessoas sem préstimo, metidas em peles de néscio e que se comportam de modo intratável, se aferrando a isso; elas estão amarradas ao rabo do demônio e não querem se desvencilhar. Passarei por elas em silêncio, deixando-as imersas em seu desvario e escrevendo pouco sobre seus desatinos. Entre elas estão os sarracenos, os turcos, os pagãos, os quais estão todos apartados da fé, e junto a eles ainda coloco a escola de hereges, com sua cátedra de parvoíce em Praga,[588] que se espalhou de tal forma que agora também já está na Morávia. Na capa dos insensatos eles se envolvem, assim como todos os que rezam a outro que não o Deus Uno e Trinitário, e para os quais nossa fé é motivo de zombaria. Eu não os considero meros simplórios: eles se postam sobre a capa dos néscios[589] porque sua estupidez é tão ampla que não há pano suficiente para cada um ter a sua. Aqui estão inclusos todos aqueles que são torturados por dúvidas e que foram enlaçados pelo diabo: como as mulheres tolas e velhas pérfidas, as alcoviteiras e meretrizes e outros que vivem em pecado e foram cegados pela estupidez. Também quero fazer lembrar daqueles que se matam ou se enforcam, e daqueles que matam ou afogam seus filhos. Eles não são merecedores da lei, e não há rigor nem escárnio que os eduque, mas fazem parte da multidão de insensatos e sua imbecilidade lhes fornece seus gorros.

588. Adeptos de Jan Hus (1369-1415), da Universidade de Praga, que após a sua morte se empenharam, sem sucesso, pela independência política e religiosa dos tchecos.

589. Ver estampa 98.

Rogo-vos, senhores, tanto grandes quanto pequenos, que penseis no bem da comunidade! Deixai que eu sozinho use o gorro dos néscios!

[99]

Do declínio da fé[590]

Quando penso no desleixo e na desonra que são sentidos em todas as terras, por causa dos príncipes, senhores, Estados e cidades, não deve causar estranheza que meus olhos marejem de lágrimas à vista da pungente desgraça do declínio da fé cristã. Peço perdão por ter incluído aqui também os príncipes! Por infelicidade, pode-se ver por toda parte o lamentoso ocaso da fé cristã, que enfraquece dia após dia. Primeiro, as hordas de hereges lançaram-se sobre ela, espicaçando-a sem piedade; em seguida, o abominável Maomé trouxe devastação ainda maior e com seus ensinamentos falsos trouxe o opróbrio àquela fé que antes era poderosa no Oriente, sendo forte em toda a Ásia, no país dos mouros e na África. Agora ali não restou mais nada, e até uma dura pedra lamentaria o fato de termos perdido com grande humilhação, apenas na Ásia Menor e na Grécia, o que agora chamam de Grande Turquia. Tudo isso foi ceifado da fé. Lá havia as sete igrejas das quais escreveu João;[591] era um lugar tão extraordinário, que o mundo todo deveria ter jurado que não se perderia. Fora isso, desde então foram perdidos na Europa dois impérios, diversos reinos, muitos Estados poderosos e cidades como Constantino-

590. Este capítulo condensa as principais ideias de Brant, tratando da decadência da fé religiosa, assim como das condições políticas do Sacro Império Romano-Germânico. O sentimento de crise expresso pelo autor deve-se ao contexto, vivido na época, de grandes transformações e incertezas. Do ponto de vista religioso, diversas práticas da Igreja Católica vigentes na época de Brant, serão colocadas em xeque pela Reforma de Martinho Lutero (que afixa suas 95 teses na porta da igreja de Wittenberg em 1517) dentro de poucas décadas. Quanto às condições políticas e sociais, a tomada de Constantinopla pelo Império Otomano (1453) e a subsequente descoberta da América (1492), além de uma série de novas ideias científicas (como a teoria heliocêntrica de Copérnico), trouxeram amplas transformações na vida e no modo de pensar. Quanto ao Império Otomano, sua força militar e audácia se farão sentir em 1529, quando as tropas turcas cercam e quase conquistam a cidade de Viena, sede do Sacro Império Romano-Germânico, cujas terras englobavam o que corresponde, grosso modo, aos atuais países da Áustria, Alemanha, Suíça, e cuja família real dominava também a Espanha, partes da Itália e dos Países Baixos. A influência da dinastia dos Habsburgos mais tarde também se estenderia ao Brasil, uma vez que a Imperatriz Leopoldina era uma princesa austríaca.

591. Apocalipse 1, 4.

pla e Trabzon.[592] São bem conhecidos de todos: Acaia, Etólia, Beócia, Tessália, Trácia, Macedônia, Ática e as duas Mésias,[593] assim como os tribálios e escordiscos, bastarnos e táuricos,[594] a ilha de Eubeia, também chamada de Negroponte, e as cidades de Pera, Idronte e Caffa,[595] sem contar outros danos e perdas que sofremos na Moreia, Dalmácia, Estíria, Caríntia, Croácia, Hungria e Vindismarca.[596] Agora os turcos estão tão fortes que não apenas são os donos do mar, como também o Danúbio pertence a seu território. Eles invadem todos os lugares quando querem; dioceses e igrejas já foram profanadas. Agora estão atacando a Apúlia; em breve será a Sicília e, como a Itália se encontra logo ao lado, de lá irão a Roma, seguindo-se a Lombardia e a França. Temos o inimigo diante da porta, mas todos preferem morrer dormindo! O lobo invadiu o estábulo e está roubando as ovelhas da Santa Igreja, enquanto o pastor fica a dormir. A Igreja de Roma tem quatro irmãs, as quais eram governadas por patriarcas: Constantinopla, Alexandria, Jerusalém e Antioquia; mas elas lhe foram arrancadas e em breve será a vez de arrancar-se-lhe também a cabeça. Tudo isso é culpa de nossos pecados; ninguém tem paciência com o outro ou se apieda de seu sofrimento: todos prefeririam vê-lo ainda aumentado! Acontece conosco como aconteceu com os bois, que ficaram a observar um ao outro, até que o lobo

592. Constantinopla, atual cidade de Istambul, foi conquistada em 1453 pelo sultão Maomé II, do Império Otomano; Trabzon, hoje Turquia, foi tomada em 1461.

593. Acaia, Etólia, Beócia, Tessália e Ática ficam hoje na Grécia; Trácia é a região atualmente dividida entre Grécia, Turquia e Bulgária; na Antiguidade, a Macedônia foi o berço do império de Alexandre, o Grande (356-323 a.C.). Mésia Superior e Mésia Inferior eram originalmente províncias romanas nos Bálcãs.

594. Os tribálios são hoje, grosso modo, os búlgaros; os escordiscos ocupavam a planície da Panônia nos Cárpatos; os bastarnos habitavam a Dácia; os táuricos viviam na Península da Crimeia.

595. A Ilha de Eubeia, a leste da Ática, caiu em mãos turcas em 1471. Pera é subúrbio de Constantinopla; Caffa fica no Mar Negro; e Idronte é cidade costeira da Apúlia, Itália, tendo sido conquistada em 1481.

596. Moreia era como se chamava antigamente a Península do Peloponeso; as regiões da Estíria e Caríntia integram atualmente a Áustria; Dalmácia e Vindismarca (onde fica a cidade de Medlinga) são agora parte da Croácia.

devorou a todos: só então o último começou a suar. Cada um agora apenas põe a mão para ver se a sua parede e muro estão frios,[597] e não pensa em apagar o fogo antes que ele alcance a sua casa; será tarde demais quando chegar o arrependimento e a amargura. A discórdia e a desobediência estão destruindo a fé e os bens dos cristãos, e derramaram o seu sangue inutilmente. Ninguém pensa quão perto de si está a desgraça, pois todos acreditam que continuarão para sempre livres dela. E isso até o dia em que o infortúnio parar diante de sua porta, e só então erguerão a cabeça. As portas da Europa estão abertas, em todos os lados encontra-se o inimigo, que nunca dorme nem descansa: ele anseia pelo sangue cristão. Oh, Roma, no tempo em que tiveste reis, foste escrava durante muitos anos; à liberdade foste conduzida quando governada pelo conselho comunitário.[598] Mas quando resvalaste no orgulho, quando te orientaste pela riqueza e grande poder, e cidadão lutou contra cidadão, esquecendo-se do bem comum, então o poder em grande parte se dissipou, e por fim te tornaste súdita de um imperador, e rendida ao poder e autoridade dele permaneceste por quinze séculos.[599] Oh, Roma, tu decaíste e encolheste e, tal como a lua que vai se tornando menor e desaparece quando lhe falta luz, de ti pouco resta. Queira Deus que o Império Romano cresça, de modo a ficar como a lua! Não penses que tem algo aquele que não o arrebata ao Império Romano. Primeiro os sarracenos seguraram na mão a terra santa e exaltada; depois os turcos se apossaram de tantas partes que não é possível contar. Muitas cidades empunharam armas, deixando de prestar contas a qualquer imperador; cada príncipe procura depenar o ganso[600] para arrancar ao menos uma pena, de modo que não é de surpreender que o Império tenha ficado desnudo e desprovido de plumagem. A cada um é dito com insistência que não pode exigir o que é seu e que

597. Cf. Horácio, *Epistulae* I, 18, 84.

598. O Senado da República.

599. A contagem de 1500 anos retrocede da época de Brant até Júlio César (100-44 a.C.) em linha contínua: após a queda do Sacro Império Romano, em 476 d.C., Carlos Magno e sua descendência dá-lhe continuidade por meio do Sacro Império Romano-Germânico.

600. Alusão caricata à águia, símbolo do Império Romano-Germânico.

deve deixar que todos continuem a usufruir daquilo de que vinham desfrutando.[601] Por Deus, príncipes, vede que prejuízos ocorrerão se o Império entrar em colapso! Um destino semelhante recairia sobre vós mesmos! Cada coisa mantém-se mais vigorosa se permanecer unida em suas partes do que se for feita em pedaços. A colaboração na comunidade estimula tudo ao florescimento, mas quando há desunião e disputa, todas as coisas são destruídas, inclusive as grandes. O nome dos alemães já foi muito honrado e sua boa fama conseguiu com que fossem agraciados com o Império. Mas os alemães também foram diligentes em buscar modos de destruir por si mesmos o seu Império. Para que as éguas sejam aniquiladas, os cavalos mordem suas próprias caudas.[602] De fato, agora a cerastes e o basilisco[603] estão a postos. Muitos dos que entregam veneno cheio de lisonjas ao Império irão envenenar a si mesmos. Mas vós, senhores, reis, Estados, não deveis permitir tamanha humilhação! Se quiserdes ajudar o Império Romano, o navio ainda pode continuar navegando! Tendes de fato um rei comedido, que vos guia com escudo de cavaleiro, capaz de prevalecer de um golpe sobre todos os Estados, desde que vos disponhais a ajudá-lo: o nobre príncipe Maximiliano[604] é digno da coroa romana e para suas mãos, sem dúvida, virá a terra santa, a terra exaltada, e essa seria sua tarefa todos os dias se ele apenas pudesse confiar em vossa lealdade. Por isso, abandonai o desprezo e o escárnio, pois o pequeno exército é

601. A cada eleição de imperador, os príncipes eleitores conseguiam extorquir do recém-eleito a manutenção de suas regalias anteriores e, inclusive, a obtenção de novas.

602. Trata-se de frase proverbial ("Wenn ein Gestüt zu Grunde gehen soll, so beißt ein Pferd dem anderen den Schwanz ab") significando: quando uma manada de cavalos quer se destruir, os garanhões arrancam uns dos outros, a dentadas, os membros masculinos.

603. Cerastes (víbora com chifres sobre os olhos) e basilisco (monstro que petrifica quem o vê) eram importantes no bestiário medieval, sendo ambos seres com corpo de serpente e poderes malignos. O basilisco inclusive é citado em Provérbios 23, 32 e em Isaías 11, 8.

604. Maximiliano I (1459-1519) era filho de Frederico III de Habsburgo e Eleonora de Portugal, tendo sido eleito rei em 1486, e coroado pelo Papa, em 1493, Imperador do Sacro Império Romano-Germânico. Albrecht Dürer retratou-o a óleo em 1519. Durante seu reinado, a Suíça conquistou a independência.

governado por Deus. Embora tenhamos tido vastas perdas, ainda são muitas as nações cristãs; piedosos reis, príncipes, nobres e plebeus podem muito bem, sozinhos, ser vitoriosos sobre o mundo, bastando que permaneçam firmes e unidos com lealdade, amor e paz. Eu confio em Deus que tudo terminará bem! Mas vós sois governantes dos Estados: deveis despertar e manter à distância o desdém, para que não sejais comparados ao timoneiro que adormece ao avistar uma tempestade no mar, ou ao cão que não ladra, ou ao guarda que não fica atento para aquilo que deveria vigiar. Levantai-vos, acordai de vosso sonho! Na verdade, o machado está fincado na árvore.[605] Oh, Deus, inspirai nossos poderosos para que se empenhem pelas Vossas honras, e não somente por aquilo que serve unicamente a eles. Então ficarei sem preocupações, Vós nos dareis a vitória dentro de poucos dias, e nós O louvaremos para sempre! Faço um apelo a todas as castas do mundo, qualquer que seja sua posição, para que não ajam como os marinheiros, que em pleno mar ficam desunidos e têm desavenças à vista de fortes ventos e tempestades, e antes de chegarem a um acordo sobre o curso a tomar, o navio já foi a pique. Quem tem ouvidos que me dê atenção e ouça! O navio está oscilando sobre o mar! Se agora o próprio Cristo não estiver de vigília, em breve tudo será noite em nosso redor. Por isso, vós que fostes eleitos pela mão de Deus, segundo vossa condição, para estardes à frente, no comando, cuidai para não serdes merecedores de ignomínia! Agi como convier de acordo com vosso grau para que a vergonha não seja ampliada, e o sol e a lua[606] não percam o resplendor, e a cabeça e os membros não definhem: a visão de tudo isso é assaz preocupante! Enquanto eu viver apelarei a quantos puder, e quem não refletir sobre minhas palavras, a ele presentearei com o gorro dos néscios.

605. Mateus 3, 10.
606. Ou seja, o Papa e o Imperador.

Quem agora sabe escovar bem o garanhão com a almofaça[607] *e é ágil nos ardis e traquinagens, confia que poderá agradar seu amo por muito tempo.*

607. Segundo faz supor a estampa, trata-se de garanhão indomado e agressivo.

[100]

Escovar o cavalo amarelo[608]

Uma nau coberta[609] agora me seria útil para nela acomodar os servos dos fidalgos e outras pessoas que vão às cortes para ter o que lamber,[610] e procuram os senhores da casa às escondidas para se sentarem sozinhos, longe das aglomerações da plebe, da qual querem ficar à distância. Um limpa as penas,[611] outro fica a polir com giz,[612] este acaricia, aquele sussurra no ouvido, a fim de ascender e alimentar-se lambendo os pratos. Muitos tornam-se senhores com mentiras, pois sabem acariciar a coruja e lidam muito bem com o cavalo amarelo,[613] correm a soprar a farinha,[614] penduram o casaco na direção do vento, e trazem recados. Isso agora ajuda a muitos, que de outra maneira estariam do lado de fora da porta de entrada. Quem sabe misturar cabelos e fios de lã[615] é estimado na Corte: com certeza é apreciado e valorizado onde a honestidade

608. Brant ampara-se aqui em *Le Roman de Fauvel*, sátira anônima escrita em Paris em 1310 (em 1316 sai o segundo volume), que faz contundentes críticas à Corte francesa de Filipe IV e Filipe V, assim como ao Papado de Avignon. No centro do texto está um asno amarelo, chamado Fauvel, que consegue as boas graças dos poderosos e, por isso, todos na Corte querem agradá-lo, escovando-o com almofaça. O asno amarelo torna-se símbolo da vilania e falsidade humana, especialmente da adulação dos ricos e poderosos pelos interesseiros. Esse caráter de bajulação é o núcleo do presente capítulo de Brant.
609. Com lugar adicional para os néscios, já que a cobertura provê um segundo andar.
610. "Lamber" está aqui em duplo sentido: de um lado, significa arranjar algo para comer, usufruir da mesa alheia; de outro, remete à atitude servil e bajuladora - para a qual inclusive se usa em português a expressão "lamber as botas de alguém".
611. A retirada de penas, que ficaram grudadas em algum tecido ou móvel, é usada pelo autor como representação do artifício de adulação.
612. Trata-se do polimento de armas e outros objetos de metal. O sentido também é o de bajulação.
613. A carícia à feia coruja (referência pejorativa ao falcão de caça) e ao cavalo amarelo serve como lisonja ao dono da casa.
614. A ideia do autor é que pessoas idôneas não sopram quando têm a boca cheia de farinha - cf. o provérbio "Man kann nicht das Mehl im Munde behalten und blasen" ["Não se pode manter a farinha na boca e soprar ao mesmo tempo"].
615. Misturar coisas úteis e inúteis.

não é procurada. Pela insensatez todos se interessam, pois não querem largar o gorro dos néscios. Mas se alguém usar a almofaça sem delicadeza, o garanhão lhe dará um coice no estômago ou um chute nas costelas, e o prato será arremessado para longe.[616] Quem quiser conhecer a sabedoria faz bem em manter-se distante de todos eles. Se todos fossem como fazem parecer, dando a impressão de pessoas dignas e corretas, ou se se apresentassem como de fato são, muitos gorros de néscio estariam vazios.

616. Ver estampa 100.

Dá sinal de leviandade quem acredita em todos os boatos;
quem faz mexericos consegue caluniar muita gente.

[101]

Do cochicho ao ouvido

Um néscio é aquele que acredita levianamente em tudo o que qualquer um lhe sopra ao ouvido; um insensato tem ouvidos fortes e aguçados. Não é bem visto um homem que ataca outro às escondidas, de modo covarde e traiçoeiro, impedindo que o outro se defenda. Mas difamar pelas costas agora é golpe de mestre, que não se consegue aparar. Todos estão praticando essa arte, que usa a maledicência, destruição da honra, traição e muitas outras coisas semelhantes, que podem ser adornadas e embelezadas, fazendo com que se possa mentir cada vez mais, parecendo a mentira cada vez mais verdadeira. Ao caluniado já ninguém mais escuta. Correm por toda parte sentenças que não foram dadas por um juiz; e são sobre alguém que nunca pôde mostrar sua inocência, pois já foi enfiado no saco e nele morreu sufocado, tal como Hamã fez para Mordecai,[617] e Ziba, o servo de Mefibosete.[618] Grande elogio coube a Alexandre porque ele se recusou a acreditar nas precipitadas acusações contra Jônatas.[619] Acreditar muito prontamente nunca trouxe bom final: Adão não teria sido privado da graça se não tivesse logo acreditado na mulher, e esta nas palavras da serpente. Quem crê com facilidade pode causar até assassinatos. O mundo está repleto de falsidades e mentiras: o corvo é e continua preto como carvão.[620]

617. Ester 3-7.

618. 2 Samuel 16, 1-4; 2 Samuel 19, 24-30.

619. 1 Macabeus 10, 15 (não se trata de Alexandre, o Grande).

620. Ou seja, o mundo não muda, assim como o corvo não pode mudar de cor.

É fácil perceber na alquimia e na falsificação do vinho o quanto há de ludíbrio e embustes no mundo.

[102]

Da falsificação e do logro

São muitos os enganadores e falsificadores que se enquadram bem na bufonaria dos insensatos; falsos são agora o amor, o conselho, o amigo, o dinheiro; e a perfídia espalha-se por todo o mundo! O amor fraternal está morto e cego; todos só pensam em como realizar embustes e ciladas, desejando ter proveito sem nenhuma perda, ainda que cem pessoas sejam arruinadas com isso. Não se vê mais qualquer honestidade, a perda da alma não incomoda a ninguém, desde que se possa vender alguma mercadoria. Se milhares morrerem por isso, que Deus tenha misericórdia deles! Em primeiro lugar, o vinho não permanece como era e grandes falsificações dele são realizadas: salitre, enxofre, ossos de cadáveres,[621] potássio, mostarda, leite e ervas impuras são acrescentadas pelo orifício do barril. As mulheres grávidas bebem tais coisas, dando à luz prematuramente, oferecendo-nos uma visão lamentável. Muitas doenças também surgem disso, e não são poucos os que vão para a casa mortuária. Cavalos coxos ainda recebem ferraduras, embora seu lugar já seja na carreta do esfolador, e eles têm que aprender a caminhar sobre feltro[622] como se à noite tivessem de comparecer às Matinas, e ainda que seu estado miserável os faça mancar e entrevar, eles terão rendido um bom dinheiro e o mundo terá sido ludibriado. Agora não se tem mais pesos nem medidas: os côvados[623] foram encurtados, e a loja precisa ter pouca luz para que não se enxergue o tecido; enquanto alguém espia os bufões sobre o balcão,[624] aperta-se o prato da balança para que ele se vergue para baixo, e então pergunta-se ao freguês quanto ele quererá comprar, enquanto se pesa o polegar junto com a carne. Com o

621. Ver estampa 102.

622. Brant quer dizer que os cascos do cavalo são envolvidos em feltro para serem confundidos com animais de alta linhagem, que recebiam esse tipo de cuidado.

623. O côvado era uma medida de comprimento, equivalendo a 66 cm.

624. Era costume colocar pequenas figuras burlescas sobre os balcões das lojas para que distraíssem a atenção dos fregueses.

arado abaixa-se agora o campo para que fique da altura dos sulcos. A velha moeda está muito desgastada e carcomida, e não poderia ser mantida se não recebesse um aditamento.[625] As moedas não se desgastam por si mesmas: o dinheiro falso tornou-se corriqueiro, assim como o falso aconselhamento. O clero falso expande-se com monges, párocos, beguinas,[626] leigos:[627] muitos lobos agora andam em pele de cordeiro. Não posso deixar de falar ainda da grande farsa da alquimia, que produz prata e ouro que previamente foram grudados à vareta.[628] Os alquimistas iludem e enganam de modo grosseiro: primeiro eles deixam ver uma prova e, em seguida, de lá sai um sapo.[629] Olhar com muita atenção para o tacho dos alquimistas pode expulsar alguém de sua casa; quem antes tinha assento seco e confortável, lança então seus bens para dentro das redomas de vidro até que tudo se queime e vire pó, e ele próprio já não mais se reconheça. Muitos encontraram desse modo a sua ruína; poucos conseguiram obter ganhos, pois já disse o grego Aristóteles: "A forma das coisas não pode ser transformada".[630] Muitos mergulham profundamente nesse vício, que tão pouco fruto lhes dá. O cobre é polido para parecer-se com ouro, o excremento do camundongo é misturado à pimenta; todas as peles de animais agora podem ser tingidas e depois curtidas sobre qualquer couro de qualidade ruim, caindo quase todos os seus pelos depois de três meses de uso.

625. A moeda de prata, com baixo teor desse metal, é mantida em circulação à base de grandes acréscimos de cobre.

626. A beguinaria, criada no séc. XII por Lambert Le Bèque, era uma comunidade religiosa cujos membros não tomavam votos e não se submetiam às regras monásticas. Dedicou-se em especial ao atendimento dos enfermos e pobres, sendo inicialmente considerada benemérita. Com o tempo, no entanto, as beguinas começaram a ser vistas com desconfiança, sendo condenadas como heréticas pelo Concílio de Vienne (França) em 1311. A imagem negativa da beguina - como beata velha e desagradável, que às escondidas se entrega a práticas diabólicas - pode ser encontrada na literatura de vários países, a exemplo de "Espelho, o gatinho", do suíço Gottfried Keller - ver nota 298.

627. Leigos eram empregados pelos conventos para realizar serviços diversos.

628. Espátula de metal usada para mexer as substâncias no crisol.

629. Os alquimistas usavam sapos e outros répteis em suas experiências.

630. Essa ideia é expressa por Aristóteles em várias obras.

Almíscar produzido por ratos do campo exala um cheiro muito forte e ruim; arenques podres são colocados junto com os bons e colocados à venda como se fossem frescos. Todas as ruas estão repletas de revendedores, e ser mascate parece ser muito bom, pois pode-se juntar mercadoria nova à envelhecida. O engodo é praticado por todos: nada no mercado tem seu devido valor, e cada um procura como falsificar para livrar-se de suas mercadorias, mesmo que o cavalo esteja cheio de doenças. Bem-aventurado aquele que hoje consegue proteger-se contra os embustes. Mas o filho ilude seus pais e parentes; o pai não poupa os de seu parentesco; o taberneiro engana o freguês e o freguês o taberneiro. Perfídia e desonestidade estão por toda parte. Isso prepara o caminho para o Anticristo: este falseia e usa de embustes em todas as suas compras, pois tudo aquilo em que ele acredita, comanda, faz e ensina é apenas a mentira, a infidelidade, a perversão.

Texto na estampa: "O Cristo do fim – O naviozinho de São Pedro". Assim como no capítulo "Uma nau com companheiros de guilda", na edição original, esta estampa ocupa a página inteira, não deixando espaço para a legenda e o título. O título tem sido dado (em edições posteriores) com base no índice.

[103]

Do Anticristo

Tendo já feito um prelúdio sobre aqueles que trapaceiam, deparo-me agora com muitos outros rapazotes que estão circundando a nau dos insensatos e que enganam a si mesmos e aos outros, distorcendo e invertendo as Santas Escrituras. Eles desferem golpes contra a fé e molham o barco de papel;[631] cada um arranca um pedaço para que tenha menos altura acima da água, e o leme e os remos para que haja ameaça de afundamento. Muitos são tão espertos e se consideram tão sábios que, com sua própria compreensão e raciocínio, pensam poder interpretar as Escrituras, no que cometem muitas faltas, sendo punidos por falsa doutrina. Eles bem poderiam aprender com outros escritos, dos quais o mundo está cheio, se não quisessem parecer eminentes aos olhos das outras pessoas. Por isso o barco está agora à deriva. Eles podem ser chamados de ébrios, já que conhecem a verdade, mas querem exibir seu próprio brilho e esplendor espiritual e assim emborcam-no. Tal é a doutrina dos falsos profetas, dos quais o Senhor ordena afastar-se, já que pretendem ler as Escrituras de forma diferente da ensinada pelo Espírito Santo. Suas mãos carregam uma falsa balança, à qual acrescentam o que bem lhes apraz, tornando umas coisas fáceis e outras difíceis, e assim levando a fé à aniquilação. Já estamos rodeados de pessoas equivocadas e vemos acercar-se o escorpião,[632] espicaçado pelos incitadores de que falou Ezequiel, o Profeta.[633] Aqueles que desrespeitam a lei e rezam para o Anticristo obram em favor dele de antemão, e quando os anos deste tiverem se escoado, terá junto de si muitos que compartilham de suas falsidades. Desses ele encontrará muitos no mundo! Quando for distribuir seu dinheiro e trouxer à luz todos os seus tesouros, não precisará forçar ninguém com varas: a maioria virá correndo ao seu encontro, pois dinheiro compra a muitos, os quais irão ajudá-lo, levando os bons para sua destruição. Mas não prosseguirão

631. Ou seja, a Bíblia.
632. Ezequiel 2, 6.
633. Ezequiel 13 e 14.

assim por muito tempo, pois logo não terão suficientes navios nem barquetas, ainda que façam repetidas viagens. A verdade ele irá retorcer, mas ao final ela continuará sendo verdade e irá expulsar completamente as mentiras, que agora reinam em todas as castas. Quero crer que seu barco nunca chegará à terra. Também vacila o naviozinho de São Pedro,[634] e temo que afunde; as ondas investem contra ele, e muitas tempestades e catástrofes o irão assolar. Pouca verdade ouve-se hoje em dia; a Sagrada Escritura é totalmente colocada ao contrário e interpretada de modo muito diferente do que afirma a boca da verdade. Que me perdoem aqueles a quem isso atinge! O Anticristo tomou assento no grande navio,[635] espalhou sua mensagem e proclamou a falsidade por todos os países, de modo que a falsa fé e a falsa doutrina crescem dia após dia, graças à diligência das tipografias. Há muitos livros que poderiam ser queimados, pois dizem muitas injustiças e mentiras. Muitos só pensam nos seus ganhos e procuram por livros em toda parte, mas pouco se preocupam com a correção; buscam maneiras de fazer um grande logro, imprimindo muito e corrigindo pouco. Dão pouca atenção às coisas, realizando reimpressão malfeita após reimpressão malfeita, e sofrendo eles mesmos os danos e a desonra, sendo vários expulsos de sua terra. Então o navio já não consegue mais levá-los e têm que ir na carreta dos insensatos, onde um poderá caçar ao outro. Está chegando a hora! A hora está se aproximando! Temo que o Anticristo não esteja longe! Que todos tenham em vista e se lembrem: a fé está fundada sobre três coisas, que são a indulgência,[636] as Escrituras e os ensinamentos, aos quais agora já não se dá mais nenhum valor. Veja-se a multidão de livros: quantas são as tipografias! Agora se imprimem todos e quaisquer livros já escritos, e o número tornou-se tão grande que nenhum deles vale nada, ninguém lhes presta qualquer atenção. O mesmo sucede aos ensinamentos: nunca houve tantas

634. Símbolo da Igreja Católica.

635. Para o autor, o grande navio de que se apossou o Anticristo é o da fé e nele viaja a maioria dos cristãos. O único que escapa da insensatez é o barquinho de São Pedro, que corresponde à verdade.

636. Absolvição dos pecados pelo sacerdote após a confissão.

escolas[637] como agora se acham em todos os países; quase já não há sobre a terra uma cidade sem escola superior, e por isso também os eruditos não gozam de consideração. A ciência é menosprezada e olhada de soslaio; os sábios por pouco têm que se envergonhar de seu conhecimento, de sua beca e de seu nome. Os ignorantes agora são preferidos e os sábios hão de manter-se atrás da porta. Fala-se: "Olha aquele poltrão da cocanha![638] O diabo quer ludibriar-nos com esses padres!" Isto é sinal de que a ciência já não é mais agraciada com honra, nem amor ou favores. Por isso, em breve a educação fenecerá, pois a ciência é alimentada pela honra,[639] e se ela não for dignificada, poucos irão buscá-la. A indulgência é tão pouco requisitada que ninguém a pede ou busca consegui-la; não são poucos os que a negam, e muitos não gastariam um centavo, ainda que a indulgência viesse a sua casa, mas haverá um dia em que ansiarão por ela e só a conseguirão além de Aachen.[640] Por isso, estamos ameaçados do mesmo modo dos que se cansaram do maná e disseram que sua alma o abominava, zombando dele.[641] Assim se faz com a indulgência, desprezada por muitos insensatos, e isso me ensina que a fé é como uma luz: antes que se apague por completo, ainda brilha uma vez e resplandece. Por isso, tomo a liberdade de dizer: está perto o Juízo Final! Como é depreciada a luz da graça, em breve estaremos cercados pela noite, e ocorrerá o que nunca houve antes: o navio vira sua quilha para cima.

637. Trata-se das universidades.
638. Ver capítulo "A nau da cocanha".
639. Cf. Cícero, *Discordaram Tusculanae* I, 2.
640. Local de peregrinação.
641. Números 11.

Quem deseja bajular ou recebe uma palavra de ameaça e por isso oculta a verdade, está batendo à porta do Anticristo.

[104]

Calar a verdade

É tolo quem oscila em seu espírito quando lhe falam com rispidez, querendo obrigá-lo a calar a verdade, a abandonar seus conhecimentos e a enveredar pelo caminho da insensatez, pelo qual sem dúvida andam aqueles que se deixam dobrar por ameaças. Pois Deus está ao seu lado e em todos os momentos protege quem não abandona a verdade, de modo que seu pé nunca há de escorregar. Daquele que permanece com a verdade logo se afastam todos os inimigos. Um sábio escolhe a verdade mesmo se estiver diante da vaca de Falaris.[642] Quem não consegue permanecer fiel à verdade, irá embrenhar-se na trilha da parvoíce. Se Jonas tivesse proclamado a verdade em tempo, a baleia não o teria engolido;[643] Elias elogiou a verdade e assim foi levado ao Paraíso;[644] João fugiu do caminho dos tolos e por isso Cristo veio até ele para que o batizasse.[645] Se alguém repreende a outro em tom amigável, e este de imediato não acolher a censura, certamente chegará a hora em que terá de ser grato e valorizar a reprimenda acima das palavras lisonjeiras que agradam a seus ouvidos. Daniel recusou-se a aceitar qualquer presente,[646] e quando teve de dizer a verdade e explicar sua interpretação, disse a Belsazar: "Vosso dinheiro deve ficar em vossa casa." O anjo impediu a passagem de Balaão por ter aceitado presentes e fazer valer a verdade, e por isso a palavra foi invertida: a jumenta censurou aquele que a cavalgava.[647] Duas coisas não podem ser encobertas e durante a eternidade ver-se-á uma terceira: uma cidade construída sobre uma elevação; um néscio que, esteja em pé, sentado ou caminhando, sempre se deixa reconhecer pela sua disposição e conduta; a verdade ficará à vista eter-

642. Ver nota 412.
643. Jonas 1, 1-17: com a viagem pelo mar, Jonas quis subtrair-se à tarefa imposta por Deus de pregar ao povo de Nínive.
644. 2 Reis 2, 1-11.
645. Mateus 3.
646. Daniel 5, 17
647. Números 22, 7 e 21-35.

namente, nunca perdendo seu valor, ainda que os insensatos percam a voz de tanto gritar contra ela. A verdade é exaltada em todos os lugares; a alegria dos tolos é escarnecer e fazer outros caírem em descrédito. Durante a construção desta nau, investiram contra mim muitas vezes, dizendo que eu deveria pintá-la um pouco[648] e, ao invés de usar casca de carvalho curtida, cobri-la com o sumo de tílias e retorcer um pouco diversas coisas; mas eu os deixei ao relento, recusando-me a dizer o que quer que fosse além da verdade. A verdade permanecerá na eternidade e sempre estará diante dos olhos de todos, ainda que eu não escrevesse este livrinho. Pois a verdade é mais forte do que todos aqueles que procuram a mim ou a ela caluniar. Se tivesse dado ouvidos a isso, eu seria o maior dos insensatos que tenho em minha nau.

648. Ou seja, embelezá-la para encobrir a verdade.

Quem deseja defender a verdade, há de ser perseguido por muitos que tentarão impedi-lo.

[105]

Dos obstáculos ao bem

Tem a tolice no sangue aquele que a todo custo quer impedir que outro faça o bem, e que tem a audácia de se opor a algo, apesar de ser assunto alheio, tendo prazer em ver que o outro é como ele e também está na caldeirada de néscios. Os insensatos sempre odeiam os que lidam com coisas boas.

Um tolo não aprecia outro tolo, mas ao verdadeiro insensato sucede de gostar quando percebe não ser o único insensato, e por isso em todas as situações esforça-se para que todos os demais também mereçam ser chamados de insensatos, buscando meios para não segurar sozinho o bordão do tolo e usar o gorro dos néscios.[649] Quando vê alguém que quer fazer o bem e calmamente viver com sabedoria, diz: "Que fingido! Ele quer ser o único cartuxo[650] e sua hipocrisia vem de duvidar por completo de Deus. Nós também queremos conseguir que Deus nos permita morrer em graça, como esse aí, embora ele passe dia e noite de joelhos, rezando e ficando de vigília; ele apenas quer jejuar e construir celas e não se atreve a confiar nem em Deus, nem no mundo. Deus não nos criou para sermos monges ou padres, ou, sobretudo, para nos apartarmos do mundo. Não aceitamos envergar hábito nem capuz, pois eles também têm guizos. Que tolo! Que otário! Ele poderia ainda ter feito muito bem ao mundo e recebido melhor recompensa do que agora, se tivesse se instruído e se voltado para o caminho da salvação, ao invés de ficar deitado como um porco, fartando-se de comida em sua cela, e tendo de abdicar de muitas coisas e não podendo ter alegria e contentamento. Se todos fizessem como ele e vestissem o hábito na cartuxa, quem haveria de continuar aumentando o mundo? Quem iria instruir e educar as pessoas? Não é vontade de Deus e nem Sua determinação que as pessoas se afastem assim do mundo

649. Ver nota 5.

650. Membro de ordem religiosa (cartuxa) com normas especialmente rígidas, dentre as quais a manutenção de silêncio absoluto, que podia ser quebrado apenas durante missas e preces.

e somente cuidem de si mesmas!" Assim falam dia e noite os insensatos, para quem o mundo é tudo, e por isso não procuram a salvação da alma. Ouve! Se fosses sábio e prudente, mesmo assim haveria néscios o bastante; se tivesses modos de monge, o número de tolos sobre a terra apenas aumentaria. Mas se todos fossem como tu, não haveria uma só pessoa no reino dos céus; ainda que fosses um aprendiz com bom-senso, muitos iguais a ti vão para o inferno. Se eu tivesse duas almas dentro de mim, então também haveria de acompanhar os tolos, mas já que tenho somente uma, é preciso preocupar-me com ela: Deus não tem nada em comum com o Maligno![651]

651. 2 Coríntios 6, 15.

Se aquele que aqui tem azeite para sua lamparina sempre mantiver a luz acesa, não lhe faltarão as alegrias eternas.[652]

652. Em Mateus 25, 1-13, é narrada a parábola das dez virgens, das quais cinco eram prudentes, pois levaram consigo azeite para suas lamparinas, e cinco insensatas, que esqueceram o azeite e, ao final, foram deixadas de fora, no escuro.

[106]

Do esquecimento das boas obras

Um tolo é aquele que, no momento em que Deus lhe determina sua última sentença, proclama pela própria boca que escondeu o talento que lhe fora confiado pelo seu senhor para que o multiplicasse.[653] Dele será arrebatado esse talento e ele próprio será lançado no inferno. Da mesma forma sucede àqueles cuja lamparina está vazia de óleo, e que apenas tentam encontrar óleo quando sua alma já está partindo. Há quatro coisas pequenas no mundo que, no entanto, são mais sábias do que as ações dos humanos: a formiga que não se poupa de qualquer trabalho; o coelhinho que vive nas rochas; os gafanhotos que não têm um rei e mesmo assim partem em conjunto para o combate; a lagartixa, que cabe em uma mão e no entanto mora na casa do rei.[654] Quem encontra abundante mel em favos silvestres, que coma o suficiente, mas que não se farte da doçura para não ter de vomitá-la.[655] Ainda que um sábio morra de súbito, sua alma nunca estará condenada,[656] mas o homem estúpido e ignorante é condenado e irá morar em seu túmulo por toda a eternidade. Para outro ele deixa a sua alma e seus bens.[657] Nunca houve maior insensato do que aquele que não pensa no futuro e toma o temporário por eterno. Há muitas árvores que não quiseram dar bons frutos ardendo no fogo do inferno.[658]

653. Em Mateus 25, 14-30, é narrada a parábola dos talentos: o primeiro servo recebe cinco talentos do seu senhor, faz vários negócios e, mais tarde, devolve-lhe dez. O segundo servo recebe dois talentos e consegue retornar-lhe quatro. Esses dois são recompensados. O terceiro recebe apenas um talento e enterra-o; no momento da devolução, entrega-o e sentencia por si mesmo que o senhor o castigaria, e assim acontece.
654. Provérbios 30, 24-28.
655. Provérbios 25, 16.
656. Sabedoria 4, 7.
657. Salmo 49, 11-12.
658. Mateus 7, 19.

Na mão direita está a coroa, na esquerda o gorro;[659] *pela esquerda se decidem os insensatos*[660] *e por isso recebem má recompensa.*

659. Provérbios 14, 24.
660. Eclesiastes 10, 2.

[107]

Da recompensa da sabedoria

Muitos insensatos anseiam pela ciência, desejando logo tornar-se um mestre[661] ou doutor, e em serem considerados luminares pelo mundo, muito embora não consigam aprender a verdadeira ciência, com a qual se chega ao céu, e tampouco entendam que toda a sabedoria deste mundo é uma simples asneira diante de Deus.[662] Muitos acreditam estar no caminho certo, mas na verdade desviaram-se da senda que conduz à verdadeira vida. Bem-aventurado aquele que não se perde na estrada após tê-la encontrado, pois muitas vezes surge uma trilha secundária que pode levar alguém a desviar-se para fora do caminho, a menos que Deus não o abandone. Hércules, quando jovem, avaliou qual caminho escolheria como o correto: se haveria de partir em busca do prazer ou se permaneceria apenas na vereda da virtude. Enquanto assim meditava, vieram ao seu encontro duas mulheres, que, apesar de não dizerem uma só palavra, ele logo reconheceu devido aos seus modos. Uma era cheia de júbilo e lindamente adornada; com doces palavras, prometeu a ele deleites e alegria, os quais terminariam em morte dolorosa, e em seguida jamais voltaria a encontrar felicidade ou prazer. A outra era pálida, compenetrada e severa, e sem alegria ou pompa disse: "Não vos prometo prazeres nem descanso, mas somente trabalho com suor! Ide de virtude em virtude, e em troca, recebereis uma recompensa eterna!" Esta última foi a escolhida por Hércules, que sempre se desviou do prazer, do descanso e da alegria.[663] Embora todos nós pudéssemos ansiar por uma vida agradável, Deus quer que também desejemos ter uma vida na virtude! Desse modo haveríamos de fugir de muitos atalhos que conduzem ao caminho dos insensatos! Mas, como todos nós não queremos pensar aonde o caminho irá nos levar e vivemos às apalpadelas na noite, não prestamos atenção ao

661. A área de atuação do Mestre nas Sete Ciências Liberais (do latim "*septem artes liberales*") compreendia as disciplinas: Gramática, Retórica, Dialética, Aritmética, Geometria, Música e Astronomia.

662. 1 Coríntios 3, 19.

663. Ver Xenofonte, *Memorabilia*, II, 1, 21.

caminho certo e por isso muitas vezes sequer sabemos para onde nos levam os nossos passos. Desse modo, cada dia pode acontecer de lamentarmos nosso plano, mas quando conseguimos chegar ao caminho certo, o que não é possível sem dor, tanto maior o nosso desejo de nele prosseguir. Isto ocorre porque temos um anseio inato pelo bem maior, que ansiamos por gozar na terra. Mas como isso não pode ser, e nós vagueamos nas trevas, Deus nos concedeu a luz da sabedoria para que nos ilumine a face e acabe com a escuridão quando nos dirigimos para ela. Essa luz nos mostra o quanto o caminho dos insensatos é distante da sabedoria, a qual foi buscada por Pitágoras, pelo grande Platão, por Sócrates e por todos os que com seus ensinamentos alcançaram a eterna glória e honra, embora nunca tenham podido demonstrar que a verdadeira sabedoria é encontrada aqui. Por isso, deles disse Deus, nosso Senhor: "Rejeito a ciência, os ensinamentos e a sabedoria daqueles que pensam que aqui são sábios; meu propósito é ensinar as criancinhas!"[664] Estes são todos os que alcançaram a sabedoria na pátria celestial; quem aprender essa sabedoria será homenageado por toda a eternidade e brilhará tal como o firmamento; quem conheceu aí a justiça, tiver com ela aprendido e a tiver ensinado a outros, a esse eu comparo a Lúcifer[665] no oriente, e a Héspero[666] no ocidente. Bias,[667] o mestre, relata como por longo tempo os pretendentes disputaram inutilmente a mão de Penélope, buscando então a companhia de suas donzelas de companhia. Esse é o modo daqueles que aqui não conseguem compreender plenamente o esplendor da verdadeira sabedoria, aproximando-se dela mediante um ornamento da virtude (que são suas donzelas). Toda felicidade deste mundo tem um final triste. Cada qual deve avaliar que caminho irá escolher.

664. Aparentemente Brant combinou: 1 Corinthians 1, 19 e Mateus 11, 25.
665. Estrela da manhã.
666. Estrela da tarde.
667. Um dos sete sábios da Grécia, conforme Plutarco, *De educação* 10, 3.

Companheiros, vinde já para cá! Iremos partir para a terra da Cocanha,[668] *embora estejamos presos na lama e na areia.*

668. A Cocanha é um lugar fabuloso, que se caracteriza pela fartura de comes e bebes, que estão à disposição de todos, bastando servir-se. O país da Cocanha já é mencionado na Bíblia (Deuteronômio 6, 3) e pelos gregos antigos, como Luciano de Samósata (aprox.120-180 d.C.). Durante a Idade

[108]

A NAU DA COCANHA

Não penses que nós insensatos estamos sozinhos: temos irmãos grandes e pequenos. Em todas as terras nosso número é infinito e percorremos todas as regiões e lugares, da Imbecilitônia à Cocanha, e rumamos do Monte-dos-Embriagados à Insensatolândia. Seguimos em busca de todos os portos e costas arcando com grandes prejuízos, e no entanto não conseguimos encontrar uma praia onde possamos desembarcar. Nossa jornada não tem fim, pois ninguém sabe aonde devemos ir; não podemos descansar nem de dia, nem de noite, e mesmo assim nenhum de nós dá atenção à sabedoria. Estamos em companhia de muitos confrades, parceiros e cortesãos que sempre seguem atrás de nosso cortejo e ao final subirão ao navio para viajar conosco em busca de lucro. Ainda que não tenhamos bom-senso, sabedoria ou discernimento, nossa despreocupada viagem é repleta de preocupações, pois quem haveria de olhar, consultar e examinar cartas marítimas e bússola ou ponderar sobre o curso da ampulheta? Quem se disporia a verificar as estrelas para localizar onde estão o Boieiro e a Ursa, ou ainda Arcturo e Híades?[669] Por isso, encontramos as Simplégades,[670] e os rochedos se lançaram contra nosso navio, golpeando os dois flancos e deixando-o em pedaços, de modo que poucos conseguiram salvar-se dos destroços. Atravessamos as ondas da má fortuna em nossa tentativa de chegar em

Média, a Cocanha aparecia com frequência nas farsas de carnaval. Pieter Brueghel, o Velho, retratou esse lugar de ócio e abundância no quadro *O país da Cocanha* (1567), no qual três homens - um cavaleiro, um camponês e um estudioso - descansam debaixo de uma mesa farta, onde aparentemente caíram por terem comido em excesso. Entre os contos populares coligidos pelos Irmãos Grimm (1812/1815) está "A Terra de Cocanha" ["Das Märchen vom Schlauraffenland"]. Mais recentemente, *No país da Cocanha* [*Im Schlaraffenland*] é título do romance publicado em 1900 por Heinrich Mann.

669. Boieiro (ou Boötes) e Ursa são constelações. Arcturo (ou Arcturus) é a estrela mais brilhante da constelação do Boieiro. As Híades são um aglomerado de estrelas na constelação de Touro.

670. As Simplégades ou Rochas Flutuantes são duas ilhas no estreito do Bósforo. Conforme a mitologia (*Odisseia*, XII; e *As metamorfoses*, XV), as duas rochas esmagavam os navios que tentavam atravessar o estreito. Quando Jasão e os argonautas conseguiram passar ilesos, as rochas tornaram-se imóveis.

terra, mas Cila, Caríbdis[671] e Sirtes[672] nos colocaram fora da trilha correta. Não é de admirar, portanto, que tenhamos avistado muitos animais fabulosos no mar, como golfinhos e sereias,[673] que cantam doces cantilenas e nos fizeram dormir tão profundamente que não há esperança de aportamos em terra. Vimos ainda o Ciclope[674] com seu olho redondo, o qual Ulisses cegou com muita astúcia; isso impediu o Ciclope de encontrá-lo e de causar maiores danos do que levantar um grande berreiro e ficar com os ares de boi maltratado por forte surra. O matreiro escapou-se em silêncio, deixando-o gritar, lamentar-se e chorar e até arremessar grandes pedras. Esse mesmo olho irá crescer e ficar grande novamente; tão logo aviste a multidão de insensatos, Ciclope irá escancarar tanto o olho até que ele fique do tamanho do rosto inteiro; com a enorme boca, alcançando de orelha a orelha, engolirá uma grande quantidade de néscios. Os demais, que fugirem de sua perseguição, logo serão alcançados por Antífates e seu povo, os lestrigões,[675] que certamente não pouparão os insensatos, já que nunca comem outra coisa além de carne de palermas, e bebem sangue em vez

671. Na mitologia greco-romana, Cila e Caríbdis eram dois seres monstruosos que moravam em rochedos perto de Messina (imediações do estreito que separa a Sicília do continente). Em português há várias expressões com esses monstros, a exemplo de "Vamos de Cila em Caríbdis" (ou seja, vamos de mal a pior) e "Cair em Cila ao fugir de Caríbdis" (i.e., tentamos escapar de um perigo e caímos em outro). Camões, em *Os lusíadas*, recorre ao mito de Cila e Caríbdis nos Cantos II, 45; III, 32; VI, 24. Em Homero, ver *Odisseia*, XII.

672. Duas baías no norte da África com correntezas muito fortes, que eram temidas pelos antigos marinheiros gregos.

673. Para os antigos gregos, as sereias eram criaturas monstruosas, com cabeça de mulher e corpo de pássaros, que habitavam uma ilha do Mediterrâneo, próximo da Itália. Segundo Homero (*Odisseia*, X), Ulisses conseguiu sobreviver ao canto mortal das sereias porque fez seus companheiros fecharem os ouvidos com cera, enquanto ele próprio foi amarrado ao convés do navio, o que o impediu de atirar-se às águas e morrer afogado, como as demais vítimas dos monstros. Na arte, porém, as sereias costumam ser retratadas como belas mulheres com caudas de peixe, conforme vemos, por exemplo, no quadro "Ulisses e as sereias" (1909), do inglês Herbert J. Draper.

674. Gigante com um único olho no centro da testa, conf. Homero, *Odisseia*, IX.

675. Antífates é o rei de um povo de canibais – ver Homero, *Odisseia*, X.

de vinho. Lá os tolos encontrarão uma boa pousada! Homero inventou tudo isso para que as pessoas deem ouvidos à sabedoria e não se aventurem inopinadamente no mar. Com isso ele muito elogia a Ulisses, que providenciou sábios conselhos e planos durante a Guerra de Troia e, dez anos mais tarde, durante sua bem-sucedida viagem por todos os mares. Quando Circe[676] usou uma poção mágica para dar a seus companheiros a forma de animais, Ulisses foi sábio e não aceitou comida ou bebida até sobrepujar a malévola e desencantá-los com uma erva chamada moli.[677] De muitas dificuldades escapou o astuto, graças a sua sabedoria e prudência, mas como insistia em viajar, não ficava em segurança por muito tempo: ao final, um forte vento contrário despedaçou seu navio e todos os seus companheiros pereceram afogados, indo para o fundo do mar os remos, as velas e o navio inteiro. No entanto, sua sabedoria veio em seu auxílio, de modo que ele nadou sozinho e desnudo até a terra firme, sobreviveu e ainda narrou suas desditas a muitos, mas foi assassinado pelo filho ao bater em sua própria porta[678]; nesse momento, a sabedoria não pôde prestar-lhe um serviço. Em seu palácio, ninguém o reconheceu como seu senhor, exceto seus cães, e ele morreu porque não quiseram reconhecê-lo, como seria justo. Com isso retorno a nossa viagem: em busca de ganhos entramos nesta lama, que em breve nos levará à desgraça final, pois estão quebrados nosso mastro, velas e cordas, e não podemos navegar no mar com suas ondas traiçoeiras; quando alguém pensa estar subindo, acaba empurrado para baixo. O vento nos arremessa para lá e para cá: a nau dos tolos nunca retornará depois de ter afundado de vez. Nós não temos nenhum juízo ou sensatez para nadar até a costa, como fez Ulisses depois de sua desgraça, que ao che-

676. A feiticeira Circe, que transformou Cila em monstro (ver nota 671), morava na ilha de Ea (atualmente um promontório italiano chamado Circeu) cercada de animais, que eram os humanos que haviam sido vítimas de sua magia. Circe transformou os companheiros de Ulisses em porcos (*Odisseia*, X e XII) e assim postergou a partida do herói.

677. Homero, *Odisseia*, X.

678. De acordo com algumas versões, Ulisses teve um filho, Telégono, com Circe.

Doctor Griff
Ad Narragonia
Gaudeamus omnes

gar desnudo trazia consigo mais do que perdera ou encontrou em casa. Navegamos na borda escorregadia do infortúnio, as ondas se arremessam sobre o navio e arrastam consigo muitos dos botes, levando também os marinheiros, e logo será a vez dos comandantes. A cada oscilação a nau vai se tornando deserta, podendo estar prestes a encontrar um tufão que trague o navio e seus ocupantes. Toda a ajuda e bons conselhos nos abandonaram; em algum momento iremos ao fundo, e o vento empurra-nos com violência. Um homem sábio permanece em casa e conosco aprende a boa lição de não partir levianamente para o mar, a menos que saiba lutar com os ventos, como Ulisses outrora, ou consiga nadar até a costa se o navio for a pique. Uma vez que muitos insensatos morrem afogados, que a terra da sabedoria seja nosso alvo; que cada qual tome os remos nas mãos e saiba para onde ir; quem for sábio chegará à terra como deve, mas há insensatos de sobra! O mais prudente sabe o que fazer e o que não fazer, não necessitando de instruções; por si mesmo ele valoriza a sabedoria. Também é sábio quem ouve os outros e aprende com eles bons ensinamentos e sabedoria; mas quem não sabe nada pertence à multidão de néscios. Se não for acolhido neste navio, logo entrará no próximo, onde terá abundante companhia para cantar a *Gaudeamus*[679] ou a canção dos néscios.[680] Muitos irmãos ainda devem estar lá fora, mesmo que o navio esteja prestes a afundar.

679. *Gaudeamus* ou *De Brevitate Vitae* ["Sobre a brevidade da vida"] é uma conhecida canção estudantil, surgida no séc. XIII.

680. Ver capítulo "Dos insensatos grosseiros".

Um insensato é aquele que não entende que precisa prevenir-se contra os infortúnios com sabedoria: a calamidade não deve ser menosprezada.

[109]

Do desdém pelo infortúnio

Há muitos que abominam o infortúnio e, no entanto, vão ao seu encalço como loucos; por isso, não devem surpreender-se quando seu barco afunda. Ainda que a desgraça seja pequena, raramente vem sozinha, conforme diz o velho ditado: "A miséria e o cabelo crescem todos os dias." Portanto, deve-se alterar o início, já que ninguém sabe como será o final. Aqueles que se aventuram a adentrar o mar precisam ter sorte e bom tempo, pois quem quer navegar contra o vento logo pode começar a recuar. O sábio apenas veleja quando o vento sopra pela popa; o insensato pode repentinamente emborcar o navio. O sábio segura o leme com firmeza e vai com facilidade rumo à terra firme; o tolo não sabe guiar o navio e não é raro que naufrague. O sábio orienta os demais e a si mesmo; o palerma põe tudo a perder antes de saber o que está acontecendo. Se em alto mar Alexandre não tivesse se conduzido pela sabedoria e se guiado pelo tempo, defendendo-se das ondas que se precipitavam contra o navio, teria se afogado no mar ao invés de morrer de vinho envenenado. Pompeu[681] usufruiu de grande fama e honras por ter expurgado os mares dos piratas, mas no Egito encontrou sua ruína. Aqueles que têm sabedoria e virtude conseguem nadar desnudos para a terra: assim diz Sebastian Brant.[682]

681. Ver nota 163.

682. A menção ao nome do autor indica que, inicialmente, este trecho devia concluir o livro, de modo que os capítulos "A difamação do bom", "Desculpa do poeta" e "O homem sábio" foram acrescidos posteriormente e funcionam como epílogos.

Muitos insensatos falam calúnias de todo mundo e penduram o sino no pescoço do gato,[683] *mas não sustentam sua palavra.*

683. O sentido aqui é o de "culpar alguém", distinguindo-se da fábula de Esopo, em que os ratos planejam pendurar um sino no pescoço do gato para que o som os avise do perigo, mas nenhum deles tem coragem de aproximar-se do felino para realizar o plano.

[110]

A DIFAMAÇÃO DO BOM

A muitos foi prazeroso que eu reunisse tantos idiotas, e eles recolheram ensinamentos úteis sobre como afastar-se da insensatez. Por outro lado, outros agastaram-se por pensar que eu me dirigia a eles, mas não têm coragem de falar publicamente, de modo que censuram a obra e penduram no gato o sino que pende de suas próprias orelhas. Um cavalo sarnento não consegue ficar quieto por muito tempo quando é escovado com a almofaça; se alguém arremessa um osso no meio de cães, só o atingido irá gritar. Bem sei que os insensatos lançarão críticas contra mim, dizendo que não estou em posição de admoestá-los e mostrar as falhas de cada um. Cada qual que diga o que lhe aprouver, e se queixe de onde lhe aperta o sapato. Se este livro de insensatos não vos diz respeito, deixai-o de lado. Não peço a ninguém que o compre, a menos que queira usá-lo para tornar-se sábio e tirar, por si mesmo, o gorro, que eu usei por um longo tempo e que não quer sair por completo. Quem reprova o que não entende, que compre este livro, pois dele certamente necessita, e naquilo que entender, cada qual encontrará amor e apreço. Quem ousa contradizer a verdade e anseia por ser sábio é um insensato.

Seria fácil lidar com a insensatez se também fosse fácil deixar de ser insensato, mas quando alguém se dispõe a tentar a façanha, logo aparecem os empecilhos em seu caminho.

[111]

Desculpa do poeta

É um néscio e grande insensato aquele que paga os trabalhadores antes do serviço concluído, pois muitos evitarão o esforço se não houver a expectativa de futura remuneração. Muito pouco é realizado em troca de dinheiro que já foi despendido e gasto; é lento o avanço da obra que se levanta por pão já comido. Por isso, se me quisessem ter pago com antecedência para que resguardasse os tolos, pouca retribuição eu teria dado, e agora o dinheiro estaria usado e não forneceria mais segurança, pois tudo o que há sobre a terra merece ser considerado como disparate e insensatez. Se tivesse escrito este livro por dinheiro, muito pequena teria sido minha recompensa e há muito tempo eu o teria abandonado. Mas não o abandonei: escrevi-o para honra de Deus, em benefício de todo o mundo, e não recebi favores ou dinheiro ou quaisquer outros bens temporários. Disso Deus é testemunha. E no entanto bem sei que não haverei de ficar sem punição pelo meu livro. Dos bons aceitarei as críticas e objeções; perante Deus afirmo que, se no livro houver mentira ou algo que seja contra a Sua doutrina, contra a salvação da alma, contra o bom-senso e a honra, suportarei de bom grado o opróbrio. Não quero incorrer em culpa contra a fé, e peço a vós todos que reconheçais minha boa intenção e não a interpreteis como má, ou dela extraiais motivo de zanga ou escândalo. Não é tal a minha razão para escrever! Mas sei que sucederá comigo como à flor que abre pétalas formosas e dá à abelha o seu mel, mas depois será visitada pelas aranhas e estas procurarão extrair dela veneno em seu benefício. Também aqui não deixará de ocorrer isso; cada um age de acordo com sua natureza. Se não houver nada de bom dentro de uma casa, não será possível dela tirar nada de bom. Quem não quer ouvir a verdade, irá queixar-se tanto mais de mim, e de suas palavras será possível ouvir que tipo de fanfarrão é. Tenho visto mais de um insensato que se empertiga com orgulho, erguendo-se às alturas como os cedros do Líbano, acreditando estar livre da estultícia, mas em breve

desvanece-se sua arrogância e tampouco é possível localizar o lugar onde aquele tolo tem vivido.[684] Aqueles que têm ouvidos, que prestem atenção e ouçam! Calo-me, pois os lobos não estão longe.[685] Um insensato fere a muitos antes do tempo e não sabe o mal que lhes causa. Se cada um fosse a espalda do outro, então saberia de suas dores. Quem quiser, que leia este livro de néscios. Eu sei muito bem onde o sapato me aperta, e portanto se ouvir criticarem-me dizendo: "Médico, curai a vós mesmos, pois sois da mesma categoria", eu o sei e confesso a Deus que cometi muitos contrassensos e faço parte da ordem dos tolos. Por mais que puxe para tirar o gorro dos insensatos, ele nunca me abandona. Mas dediquei grande esforço e seriedade, de modo que eu, como vedes, conheço muito os tolos, e me disponho, se Deus assim o desejar, a melhorar a mim mesmo com o tempo, enquanto Ele me conceder a Sua graça. Que cada qual cuide para não equivocar-se, mantendo junto de si o bordão do tolo, que pode envelhecer em sua mão. Disso resguardem-se todos os parvos! Assim conclui Sebastian Brant, que aconselha a sabedoria a todos, seja quem for e esteja onde estiver. Nenhum bom trabalhador chega tarde demais!

684. Salmos 37, 35-36.

685. Referência a provérbio alemão "Wenn man vom Wolfe spricht, so ist er nicht weit" ["É só falar do lobo que ele já estará por perto"], que corresponde a "Falando do diabo aparece o rabo".

Do insensato dei notícia para que todos o reconheçam de imediato. Quem deseja ser sábio e prudente em todas as situações, que leia a meu amigo Virgílio.[686]

686. Neste capítulo é retomado o poema "Vir bonus", que na época de Brant era equivocadamente atribuído a Virgílio.

[112]

O HOMEM SÁBIO

Um homem bom, prudente e sábio, tal como Sócrates, é difícil de se encontrar em todo o mundo, e disso deu testemunho Apolo.[687] Ele é o seu próprio juiz, e onde lhe falta sabedoria, faz minucioso exame de si; não leva em conta o que diz a nobreza e nem os brados da plebe; é redondo como um ovo para que nele não se fixe nenhuma nódoa estranha que tente se impregnar em superfície lisa. Pelo tempo em que o dia se alonga em câncer[688] e a noite cobre o capricórnio,[689] ele reflete e examina para que nenhum ângulo de sua casa o perturbe ou ele expresse qualquer palavra que não seja adequada a todos os lugares, para que não falte o esquadro e não deixe de ser firme o que mediu e para que possa deter com a mão qualquer investida e prontamente desviá-la. Não lhe agrada tanto o sono a ponto de não refletir sobre as ações que realizou ao longo do dia e julgá-las criticamente, avaliando o que poderia ter omitido, o que deveria ter considerado em tempo, o que realizou em momento equivocado. Por que concluiu algo sem que houvesse motivo ou sentido em fazê-lo, perdendo assim muito tempo, por que manteve seu plano ao invés de melhorá-lo, por que descuidou dos pobres, por que seu ânimo foi tomado por tanto sofrimento e aversão, por que iniciou isto em lugar daquilo, por que se violou tantas vezes, colocando o lucro acima da honra, e mentiu com as palavras e com o rosto, ofendendo a dignidade, por que cedeu à sua inclinação natural em vez de submeter seu coração à civilidade? Desse modo ele medita sobre suas obras e suas palavras, do raiar

687. Mediante o Oráculo de Delfos.

688. Câncer corresponde aos meses de junho e julho. No hemisfério norte é a época do ano com os dias mais longos.

689. Capricórnio corresponde aos meses de dezembro e janeiro. No hemisfério norte é a época do ano com as noites mais longas, ocorrendo ali o solstício (a noite mais prolongada) por volta de 21 de dezembro. Religiões pagãs comemoravam esse dia como um momento de vitória do sol sobre as trevas (já que daí em diante os dias começariam a ficar mais longos); mais tarde o cristianismo adotou a data para comemoração do Natal. O pinheiro usado como árvore de Natal simboliza a continuidade da vida (folhas sempre verdes), que vence a morte (neve e frio do inverno no hemisfério norte).

do dia ao anoitecer, examinando as coisas que realiza para aviltar o bom e exaltar o mau. Essa é a maneira de ser do verdadeiro sábio, conforme o louvável Virgílio nos indicou em seu poema. Quem viver desse modo sobre a terra, também irá angariar a graça de Deus, pois terá reconhecido a verdadeira sabedoria, que um dia o conduzirá à pátria no céu. Que Deus nos queira conceder isso prontamente é o que eu, Sebastian Brant, desejo.

Deo gratias.[690]

690. "Que Deus seja louvado!"

Final de *A nau dos insensatos*

Aqui termina a *Nau dos insensatos*. Que seja de utilidade e sirva de salutar ensinamento, de estímulo à conquista de sabedoria, juízo e bons costumes, assim como à emenda e punição da insensatez, cegueira, desacerto e inépcia dos homens e mulheres de todas as condições. Composta com particular dedicação, esforço e trabalho por Sebastian Brant, doutor em Direito Civil e Direito Canônico. Impresso na Basileia durante o Carnaval, que os tolos chamam de consagração da igreja, no ano do Senhor de mil quatrocentos e noventa e quatro.

1494

Nada é sem razão.[691]

Jo. B. von Olpe[692]

691. Do latim: "nihil sine causa".
692. Johann Bergmann von Olpe, editor da primeira edição.

Anexo

À mesa cometem-se muitas grosserias que, com razão, são chamadas de imbecilidades; delas quero agora falar antes de finalizar.

[110a – da edição B de 1495]

Dos maus hábitos à mesa

Como o meu intento é o de examinar todos os tipos de néscios, há diversos que ainda tenho que incluir no final do livro, que são considerados estúpidos e nos quais eu não tinha pensado antes, pois, embora cometam muitos abusos e ofendam as boas maneiras, sendo rudes e descorteses, mesmo assim eles não são tão cegos a ponto de ferir a probidade, como fazem os tolos antes apresentados, ou a ponto de se esquecerem de Deus. Quando comem e bebem, são muito grosseiros e simplórios, e por isso merecem ser chamados de idiotas toscos. Eles não lavam as mãos antes de se sentarem à mesa, ou sentam-se à mesa no lugar de pessoas que deveriam poder sentar-se ali antes deles; esquecem o discernimento e a civilidade, obrigando que se lhes diga: "Ei! Amigo, senta-te mais adiante e deixa para aquele outro este lugar!"[693] Um não esperou que se orasse para abençoar o vinho e o pão antes de sentar-se à mesa; outro adianta-se para ser o primeiro a colocar a mão na tigela e servir-se,[694] levando a comida à boca antes de servirem-se as pessoas honoráveis, damas e cavaleiros, que ele deveria tratar de modo cordato, deixando que se

693. Lucas 14, 8-9.

694. Os talheres usados na Idade Média eram a faca (para retalhar a carne) e a colher (para sopas). Embora haja menção ao garfo já em 1023, ele só entrou em uso no séc. XVII. A própria Igreja era contrária à utilização de talheres à mesa, por entender que Deus dera dedos ao homem para que os usasse, de modo que não deveriam ser substituídos por outros instrumentos. Por isso, as pessoas comiam e serviam-se com as mãos (usando os três dedos: polegar, indicador e médio). A etiqueta da época determinava que as pessoas mais importantes eram as primeiras a se servir. Embora nas Cortes houvesse um prato para cada pessoa, em geral levava-se a comida diretamente da tigela à boca. Dedos e bocas sujas eram esfregados na toalha ou na própria roupa, mas havia a proibição de se limpar o nariz na toalha ou na mão usada para servir-se na tigela. Restos (como ossos e cascas de frutas, pão, queijo, etc.) eram depositados em um cesto destinado a esse fim, mas podiam ser jogados debaixo da mesa, desde que perto dos pés da própria pessoa. Era considerado deselegante: usar a faca para limpar os dentes, devolver comida à tigela, tomar líquido com a boca ainda cheia de comida, lamber os dedos, molhar o pão no vinho, mergulhar a carne no pote de sal, cuspir sobre a mesa. Os guardanapos foram introduzidos na Europa apenas por volta do séc. XV.

sirvam primeiro e não depois dele. Quem está muito ansioso para comer e sopra sobre o mingau e a sopa, faz grande esforço com as bochechas, que ficam inchadas como se fossem atear fogo a um celeiro. Muitos derrubam algo sobre a toalha ou sua vestimenta, voltando a colocar na tigela aquilo que desastradamente deixaram cair, e isso provoca desconforto em todos os comensais. Outros são tão preguiçosos que levam a colher à boca e em seguida deixam-na aberta sobre a travessa, sopa ou tigela, de modo que algo cai para fora, retornando à tigela. Alguns são tão impertinentes que primeiro cheiram a comida, e assim fazem com que as outras pessoas sintam aversão pelos alimentos. Outros levam algo à boca e mastigam, cuspindo em seguida sobre a toalha, a tigela ou o chão, fazendo com que alguns sintam náuseas. É chamado de alambazado aquele que mordeu um bocado e depois o colocou de volta na tigela, ou que se inclinou sobre a mesa para ver onde há um bom pedaço de carne ou peixe, embora esteja mais próximo de outra pessoa, e então segura esse pedaço e o traz para junto de si, colocando-o a sua frente para que outros não possam alcançá-lo: à mesa só pensa em si mesmo, esforça-se com avidez para ter sozinho toda a comida e ser o único a satisfazer-se, e não concede o mesmo aos demais. A ele eu chamo de limpa-pratos, comilão, esganado, papão. Um mau companheiro de jantar é o voraz, que quando a boa fortuna o presenteou com boa comida, tem o costume indelicado de não compartilhá-la com os demais. Outro enche tanto as bochechas, que elas parecem forradas de palha, e fica a observar com ânsia aqueles ao redor, como um macaco, para ver se alguém estaria comendo mais do que ele; e antes que o outro engula um bocado, já fez desaparecer quatro ou cinco. Para que não venha a faltar-lhe algo, ainda leva pratos cheios para casa, e para que nada lhe escape, verifica se ainda não pode limpar mais algumas tigelas. Antes de engolir a comida, sorve do copo e com o vinho faz uma sopa,[695] que ele passa pelas bochechas para limpá-las, mas às vezes faz isso com tanta precipitação, que uma parte

695. O vinho tomado mistura-se à comida que ele tem na boca.

lhe sai pelo nariz ou com ela rega generosamente o rosto e o copo de seu vizinho. Beber em pequenos sorvos, como se fossem pequenas colheradas, é esse o modo de se beber agora. Limpar a boca suja ninguém mais faz, e por isso a gordura fica a boiar no copo. Estalar a língua quando se bebe incomoda as outras pessoas, e soa desagradavelmente passar a bebida pelos dentes. Alguns são tão ruidosos que parecem bois chegando do pasto. Beber após a refeição era em tempos idos um sinal de distinção, mas agora os beberrões querem beber sem demora; eles erguem a taça, exclamam "À saúde!", e se põem a gorgolejar, pensando que homenageiam a outra pessoa se ao final virarem o copo de borco.[696] Eu não aprecio a cortesia de que entornem o copo na minha frente ou que me ofereçam de beber; eu bebo para mim e não bebo a ninguém: quem gosta de se empanturrar é um boi. Há ainda aqueles que conversam muito à mesa, não deixando que outros tomem a palavra, pois querem que todos fiquem apenas a ouvir sua boa conversa. A nenhum outro permitem que fale, enquanto suas próprias palavras se voltam continuamente contra todos e caluniam muitos que não estão presentes. Outros coçam a tinha e em seguida querem servir-se do assado, com seis patas e brasão de Ulm,[697] que primeiro esmagam sobre a travessa com a unha, indo depois molhar os dedos na tigela de sopa. Um limpa o nariz e depois apressa-se a limpar os dedos na toalha. Outros são tão educados que repousam os braços e cotovelos sobre a mesa, empurrando-a, ou sobem nela de quatro, assim como a noiva de Geispitzhain,[698] que sobre o prato colocou a perna e, quando se inclinou para levantar o véu,[699] soltou um pum em cima da mesa, e escapou-lhe um arroto, que, se não tivessem trazido um balde e ela aberto a boca, não lhe teria sobrado

696. Para provar que esvaziaram totalmente o copo.
697. O brasão de Ulm tinha uma cruz semelhante à dos piolhos, os quais têm seis patas.
698. Pequena aldeia nas proximidades de Estrasburgo. Brant refere-se a uma anedota corrente na época: durante a festa de casamento, uma mãe disse à noiva (sua filha) que colocasse seus ossos ("Beine") sobre a mesa, e esta então colocou as pernas (também "Beine") sobre a mesa.
699. Que caíra quando ela colocou a perna sobre a mesa.

um dente sequer. Alguns têm maneiras tão finas que nunca perdem a oportunidade de passar com as mãos sujas o pão no pote de molho de pimenta para que fique bem untado. É vantajoso servir aos demais, pois dessa forma o melhor pedaço é movido, e aquilo de que não gosto eu passo adiante, abrindo caminho para o melhor chegar até perto de mim, enquanto o outro recebe o que eu não quero; o melhor é para mim, e sobre isso eu me calo. Dessa forma muitos me serviram, e eu preferiria que não tivessem tocado na tigela, pois aí eu teria ficado com o que estava à minha frente e que era bem melhor. Muitos são adeptos dessas trapaças e fazem caminhar a tigela sobre a mesa para que o melhor chegue diante deles. Tenho observado com frequência a prática de tais aventuras por aqueles que oferecem ajuda a si mesmos para que suas panças fiquem bem cheias. Assim, à mesa há muitos costumes inusitados e, se eu fosse enumerá-los todos, acabaria escrevendo um livro inteiro: sobre como uns sibilam no copo; como outros colocam os dedos no pote de sal, o que muitos consideram uma impolidez, embora eu considere isso mais recomendável do que tirar o sal com a faca, pois uma mão lavada é muito melhor e mais limpa do que a lâmina que trazemos na bainha[700] e que algumas horas atrás pode ter sido usada para esfolar um gato. Também é um despropósito golpear e partir ao meio os ovos, assim como outras bufonarias do mesmo tipo de que não vou falar agora, porque são consideradas como sendo as maneiras finas, e eu estou escrevendo aqui apenas sobre as grosserias e não sobre o que é fino e cortês. Caso contrário, iria escrever uma bíblia inteira se fosse descrever todos os desatinos que são feitos ao comer. Por isso, não me incomodo muito se algo caiu no copo e alguém afasta com sopros, com a ponta da faca ou com uma fatia de pão, embora este último seja o costume mais refinado; eu acredito que tudo possa ser feito. Mas se em alguns lugares é de praxe que se entorne o copo e pegue outro limpo, como é a norma entre os mais ricos, não

700. As facas usadas à mesa não eram talheres propriamente ditos, mas os próprios punhais ou adagas que se traziam à cintura.

tenho o direito de criticar tal costume. Entre os pobres não há tal hábito: os pobres ficam felizes com o que Deus lhes dá e seguem Seus conselhos, não havendo necessidade de cultivar maneiras finas. Ao final, quando se está saciado, que seja dada a bênção: "Deo gratias". E quem não cumprir esta exigência, eu não considero um sábio, mas alguém que certamente está usando o gorro dos tolos.

[110B - DA EDIÇÃO B DE 1495]

DOS INSENSATOS NO CARNAVAL[701]

Conheço diversos néscios do carnaval[702] que insistem em usar o gorro dos insensatos. Quando tem início o tempo sagrado,[703] eles passam a importunar a todos: esfregam cinzas no rosto e cobrem o corpo com vestimentas monstruosas, correndo para lá e para cá como espantalhos. Eles se movem sobre gelo fino. Muitos fazem como se não quisessem ser reconhecidos, mas eles próprios dizem aos outros os seus nomes. Ainda que suas cabeças estejam encobertas, querem ser vistos e dizem: "Veja, o senhor de Runzel! Ele está vindo e traz pelo braço uma senhora. Deve haver algo importante para que ele venha aqui e visite os pobres. Sua visita é uma grande cortesia!" Mas o intento é apenas o de escarnecer de todos, pregando-lhes peças, ainda que o cuco cante apenas em maio. Bolinhos são oferecidos em muitas casas, das quais é melhor guardar distância, e para isso os motivos são tantos que prefiro ficar calado. Mas os néscios determinaram que no carnaval todos devem buscar alegrias; no momento em que deveriam cuidar da salvação de suas almas, os tolos providenciam a bênção e rumam para as festas, quando a quaresma já está à porta. É bem conhecida a consagração da igreja feita pelos insensatos como quase quaresma. Fazendo muito bulício, eles correm pelas ruas em meio à sujeira, como se fossem apanhar abelhas, e aquele que faz os maiores disparates espera receber uma coroa. Eles vão de casa em casa querendo receber comida sem ter que pagar por ela, o que muitas vezes continua até a meia-noite. O diabo criou tais brincadeiras! Em vez de buscar a salvação da alma, dançam a ciranda dos tolos. Muitos comem com tamanha voracidade, como se depois disso não pudessem comer por um ano, e não se contentam em saciar-se

701. Não há legenda nem ilustração acompanhando o capítulo 110b.
702. Trata-se aqui da noite que antecede a quarta-feira de cinzas.
703. Quaresma.

para as Matinas. O alimento proibido não é motivo de preocupação: é ingerido até o dia despontar. Eu digo, afirmo e declaro que em verdade nenhum dos judeus, pagãos e ciganos trata com tanto desdém sua fé como nós, que queremos ser cristãos, mas o demonstramos muito pouco por nossos trabalhos, já que antes de iniciar a devoção passamos dias e dias nos preparando para o carnaval, quando perdemos de vez o bom-senso; e isso dura o ano inteiro. Da quaresma cortamos a cabeça[704] para enfraquecê-la. Poucos se acercam das cinzas para recebê-las com devoção; temem que as cinzas possam mordê-los e assim preferem escurecer o rosto passando-lhe carvão: o sinal do diabo lhes agrada muito e não aceitam receber o sinal de Deus,[705] pois não querem ressuscitar com Cristo. As mulheres gostam de ir às ruas e consentem em se sujar; alguns não respeitam as igrejas, atravessando-as com estardalhaço para sujar as mulheres, o que é considerado um costume refinado. Desordeiros trazem o asno à igreja, passando por toda a cidade. Então convidam para a dança e para o torneio, quando são quebradas lanças e os insensatos formam uma multidão. Camponeses e artesãos não se envergonham de também participar do torneio, ainda que muitos não saibam cavalgar; e por isso não são poucos os que recebem lançadas, que partem seus pescoços ou costas: tal é o divertimento educado! Depois enchem-se com vinho; da abstinência ninguém tem nada a dizer. Assim continuam fazendo por quatorze dias; alguns jejuam no final, pois não conseguem escapar da Semana Santa. E assim chegam em tempo para se confessar quando soam as matracas, e então tem início o arrependimento. De manhã já querem prosseguir, de modo que os idiotas presos à corda dos néscios correm todos para Emaús. O pão ázimo não lhes apetece e não querem cobrir a cabeça, pois uma brisa facilmente poderia arrancar os véus das mulheres e abandoná-los em algum lugar na campina. Às mulheres não agrada ter de se cobrir, pois gostam de provocar os homens e rapazes; elas preferem usar o gorro dos insensatos e espichar as orelhas ao invés de ocultá-las sob véus. Embora isso possa melindrar a

704. A quaresma tinha o nome latino *caput quinquagesima.*
705. A cruz de cinzas.

alguns, concluo que onde somente se procura o carnaval não pode existir verdadeira devoção. Mas, tal como agimos em relação a Deus, assim Ele muitas vezes nos deixará até a morte. O gorro traz aos néscios medo e sofrimento, contudo, não pode ser deixado de lado: ele é colocado sobre a cabeça até nos dias de abstinência e durante a Semana Santa.

Protesto[706]

[da edição C de 1499]

Algum tempo atrás escrevi a *Nau dos insensatos*, empregando grande esforço em sua composição e trazendo a bordo tão extenso número de néscios, que eles não precisam ser banhados, pois cada qual esfregou a si mesmo.[707] Mas não foi só isso: não foram poucos os que, talvez após ter bebido um bom tanto, quiseram a seu bel-prazer pendurar-lhe novos versos. Aqueles que assim fizeram deveriam ter-se lembrado que desde há muito já se encontram sentados na nau, para a qual levei a eles e a outros; e assim poderiam ter-se poupado o esforço. Com antigas velas inicia-se a viagem, e a nau zarpa veloz, tal como a primeira, sendo suficiente a brisa amena. É bem verdade que eu poderia ter apreciado a ampliação, mas meu trabalho foi aviltado, pois nele inseriram versos destituídos de arte, poesia e métrica. Muitos dos meus versos foram cortados, perdendo-se o sentido na metade; muitas rimas tiveram de agachar-se para caber no molde e formato de impressão,[708] de modo que há grande quantidade de versos malfeitos. Por isso, o coração dói-me mil vezes e outras mais pelo grande e penoso trabalho que sem culpa desperdicei, porque sou obrigado a ver publicamente o que nunca permiti que fizessem, o que nunca passou pela minha boca ou garganta. Mas vou encomendá-la a Deus, já que a nau navega em Seu nome e não precisa envergonhar-se de seu poeta, assim como a anterior em todas as coisas. Nem todo néscio saberia fazê-la, a não ser que se chamasse como eu, o insensato Sebastian Brant.

706. Em vista dos inúmeros acréscimos e adulterações que surgiram em reimpressões (principalmente da edição de 1494), Brant escreveu este "Protesto", colocado no início da terceira edição (1499).

707. "Banhar" e "esfregar" estão sendo usados no sentido de zombar ou fazer pouco caso dos néscios.

708. Versos foram eliminados ou adicionados tendo em vista não o sentido do texto, mas apenas exigências formais, como o espaço disponível sobre a folha de impressão.

Esta obra foi composta pela Oficina das Letras
na fonte Book Antiqua, corpo 11,5 e
impressa pela Geográfica em ofsete sobre
papel Pólen Soft 80 gramas
para a Editora Octavo em agosto de 2010.